A MON AMI
SAINT GEORGES DE BOUHÉLIER

SILHOUETTES LITTÉRAIRES

DU MÊME AUTEUR

POÈMES

Les Palais Nomades.
Chansons d'Amant.
Domaine de Fée.
Limbes de Lumière.
La Pluie et le Beau Temps.
Les Odes de la Raison.
Livre d'Images.
La Pépinière du Luxembourg.

ROMANS ET NOUVELLES

Le Roi fou.
Les Petites Ames pressées.
Le Cirque solaire.
Les Fleurs de la Passion.
L'Adultère sentimental.
Contes Hollandais.
Le Conte de l'Or et du Silence.

CRITIQUE

Symbolistes et Décadents.
L'Esthétique de la Rue.
De Tartufe à ces Messieurs,
Le Polichinelle du Guignol.
Boucher.
Fragonard.
Rodin.
Rops.
Louis Legrand.
Montmartre et ses Artistes.
La Femme dans la Caricature française.

Sous presse :

Baudelaire.
L'Aube enamourée (roman).
Mourle (roman).
Les Neiges pourpres (poèmes),

Gustave KAHN

SILHOUETTES LITTÉRAIRES

STÉPHANE MALLARMÉ - HUYSMANS
VERLAINE - CHARLES CROS - HENRI BECQUE
EMILE BERGERAT - RODIN - ANATOLE FRANCE
PUVIS DE CHAVANNES - MENDÈS et BAUDELAIRE

ÉDITIONS MONTAIGNE
Impasse de Conti N° 2
PARIS

De cet ouvrage il a été tiré
5 exemplaires sur Japon numérotés de 1 à 5
et 50 exemplaires sur papier pur fil Lafuma
numérotés de 6 à 56

TÉMOIGNAGES

Je jure de dire la vérité, rien que la vérité! Mais ce propos de Léon Dierx me hante: « On commence à écrire ses mémoires, quand on commence à perdre la mémoire! »

Les grands poètes concentrés trouvent, au cours de la conversation, de ces formules qui classent un genre. Mes cheveux sont couleur de cendre! Je me dépêche!

D'aucuns ont pris des notes toute leur vie. Journal des Goncourt, Carnets de Jean Lorrain; émiettements, personnages, vus dans l'ombre à la lueur d'une allumette ! Propos détachés ou faussés! Et puis, peut-on savoir dès le début d'un homme s'il deviendra l'éblouissant génie, le magnifique imbécile, la prestigieuse canaille ou le modeste rond-de-cuir au bureau des Muses, dans lequel l'un ou l'autre finit de s'épanouir? Alors, on prend l'instantané, vingt ans après! C'est souvent flou.

Chroniqueurs, échotiers, promeneurs, les

écrivains et surtout le public de mon temps ont vu le Décadent. *Pas nous, les écrivains, qui aurions dû nous y heurter.*

Ce décadent a été décrit (la bête du Gévaudan a été dépeinte aussi dans ses détails, de la griffe à la crinière). Il apparut sous les aspects d'un grand jeune homme pâle, mince, long, blême, les yeux cernés, de préférence bleus. Il buvait des liqueurs sophistiquées, cruelles ou douçâtres jusqu'à l'évanescence. Il défaillait infiniment. Son langage n'était pas celui de l'écolier limousin, quoiqu'on lui reprochait de le tenir, ni celui des Précieuses, quoiqu'on le taxât de préciosité ridicule. On figura mal son idiome apocryphe. Quand les échotiers lui avaient prêté « navrance » ou « se ramentevoir », ils étaient au bout de leur rouleau. En revanche, ils ne tarissaient pas sur ses cravates délicates, mourantes, panthéristiques par l'ocellure, paonesques par le myriadisme multicolore, un bazar, un monde sur le haut col empesé. Ils parlaient d'un délicieux petit maître, flexible comme un roseau, d'une joliesse éclatante, paradant d'un grand air d'ennui dans les rues populeuses. Donc, caractéristiques générales : grand, blond, élancé, ondoyant et paré.

Or, les symbolistes réels, vivants : Mallarmé, strict, correct, comme un homme qui va faire son cours; Verlaine, cabossé, le foulard jaune d'or en éventail, limé, râpé, comme un charpentier qui va boire son verre; Moréas, sec, brun, la chevelure aile de corbeau sous un quelconque chapeau de feutre ; Paul Adam, très correctement tenu, favoris en côtelettes, paletot mastic, l'élégance la plus courante, plutôt petit et trapu: Laforgue, un peu clergyman; Charles Morice perdu dans une houppelande qui semblait un vieil épagneul appendu à sa longue silhouette. Seul, Charles Vignier était long et blond, mais la sobriété de sa mise était absolue. Barrès, simplement bien vêtu sous un haut-de-forme notarial. Parmi les décadents, Baju, au teint légèrement bis, un peu gros, un peu court, cheveux plaqués d'ignorantin ; Raynaud, simple et administratif; Duplessis, casquette de cycliste; Vallette, en jaquette. Aucun qui ressemblât même légèrement à ce type de décadent que tout le monde rencontrait, jurait avoir aperçu, se flattait de rencontrer tous les jours.

D'où venait le mythe?

*Tout est explicable à la rigueur! Le mythe pouvait venir d'*A Rebours.

Le bon Huysmans, inquiet, orageux, dyspeptique, gardant dans son lyrisme exaspéré des besoins de reportage qui lui venaient du naturalisme, avait rencontré, sous les auspices de Mallarmé, Montesquiou qui se croyait Mallarméen. On vit bien, dès qu'il publia, que son flux n'avait rien de commun avec la concision de son maître présumé.

Montesquiou était couronné d'une petite légende. Il s'arrangeait à ce qu'à son hôtel les portes n'eussent pas l'air de portes. Il soignait sa vêture et recherchait des tons de turquoise malade.

Il montrait ou lisait des sonnets sans les publier, comme, à cette époque, Hérédia. Il se flattait de ressembler à Sarah-Bernardt, à qui il demandait là-dessus un avis qu'elle lui donnait, en pouffant, vague et circonspect. Il aimait les livres rares, de fond, de typographie et de reliure. Il lisait... ce que tout le monde lisait... on le vit bien à son déballage.

Alors Huysmans l'étudia, et de ce beau garçon svelte, long, olivâtre, à la chevelure d'ébène, fécond, facond, épris de gloriole, de mondanité courante, de mode, d'art décoratif, d'horticulture, il fabriqua ce monstre Il énuméra ses goûts littéraires, lui prêta les siens propres, huysmanesques (depuis qu'il n'était plus médanais) lui fit dire des bêtises, prendre un artiste varié, divers, racé, comme Charles Cros pour un épicier râclant sa rillette sur le premier établi venu.

De plus Huysmans se flattait d'avoir réinventé l'odorat. Mallarmé lui attribuait des sens d'une sensibilité d'Iroquois. Familier des senteurs chargées du ministère et de l'odeur de colle de sa maison de brochage, Huysmans vous disait, au café, quel était le parfum de la petite femme blonde, en robe bleue, à la Guys, non pas la rousse à la Lautrec, celle-là, près du pilier, à quatre tables de nous, et il discernait que c'était du musc à treize sous de Hambourg. Songez à ce qu'il fit endosser à Montesquiou et de goûts baroques et de connaissances relatives, pour en modeler cette poupée falote et dégingandée: des Esseintes!

Comme rien ne se crée, rien ne se perd; il y eut plus tard, en province, en Belgique, à Agen, à Poperinghe des petits des Esseintes, apprentis juristes ou commis de banque. J'en aperçus un, vivant, à Bruges-la-Morte.

***

Autre erreur reçue! Nous étions des iconoclastes, des démolisseurs. Nous nous jetions sur les gloires, griffes dehors. Nous lacérions les vieux Orphées.

On n'en saurait trouver aucun texte à l'appui. Au contraire, c'est un titre de gloire que je revendique: d'avoir expliqué à tous mes amis de lettres et de leur avoir fait comprendre la grandeur poétique de Dierx alors méconnu de tout le Parnasse pour s'être con-

formé strictement à l'esthétique parnassienne et avoir dédaigné de s'exprimer autrement qu'en vers.

J'imposais à mes amis, à des réalistes et aussi à des Parnassiens que ce grand bonhomme distrait et mélancolique, amoureux des échecs, jusqu'à chercher Chincholle pour faire sa partie, était un grand bonhomme, un très grand bonhomme. Ainsi se créa, par cinq ou six personnes, l'assentiment général de la jeunesse, autour de lui, et les Parnassiens renoncèrent, vis-à-vis de lui, à leur amical dédain.

Ce fut d'ailleurs le seul nuage qui passa sur l'amitié qu'il me portait. « Vous dites que mes camarades ne m'ont pas fait la place qu'il fallait? Je vous assure que c'est une erreur. Ils ont toujours été très gentils pour moi! Ecrivez-le, je vous prie, écrivez-le, vous me ferez grand plaisir. »

Je ne l'écrivis pas, car il ne faut publier jamais que la vérité. Mais Dierx aimait infiniment ses amis. Fasquelle l'attendait pour traiter avec lui d'une édition définitive de ses œuvres, aux meilleures conditions possibles. Dierx préféra payer son édition (au moins en partie) chez Lemerre: « Non, je veux être dans la collection elzévirienne, avec mes amis... je préfère ».

Il voulait être enterré avec ses morts.

I

STÉPHANE MALLARMÉ AVANT LA GLOIRE

« Vous fûtes mon premier visiteur », me disait Stéphane Mallarmé, un soir de banquet littéraire.

Il entendait ainsi préciser publiquement que je fus le premier qui se détacha de la jeunesse, à ce temps lointain de 1879, pour apporter au poète totalement méconnu le témoignage de mon admiration envers son art et son attitude. A l'envoi d'un numéro d'une revue, avant toute autre hospitalière à mon lyrisme, il avait répondu par la plus cordiale invitation à le venir voir. Il était le seul, parmi les ainés, dont j'avais, à cette occasion, sollicité l'opinion.

Le nom de Stéphane Mallarmé m'avait été révélé, quelques années auparavant, par la *Revue du Monde Nouveau,* (de Charles Cros), où Mallarmé publia *la Pénultième*. Ç'avait été un beau tapage ! Les plus grands journaux s'étaient dérangés pour le railler. J'avais lu avec une joie profonde le fragment l'*Héro-*

diade, avec une dilection passionnée l'*Après-Midi d'un Faune,* et les quelques poèmes en prose parus à la *République des Lettres.* Parmi les écrivains, il y avait quatre façons de juger Mallarmé. Les uns parlaient de rébus et de casse-tête chinois; d'autres, d'ironie excessive et d'irrespect exagéré vis-à-vis du sens commun. Certains, bienveillants, l'envisageaient comme un auteur difficile qu'il fallait se traduire et s'expliquer comme un latin ou un grec de décadence, ardu et sybillin. Les Parnassiens considéraient qu'après avoir débuté par de beaux poèmes, il s'égara. On fixait la date de cette bifurcation à son séjour à Avignon, où il avait tenu fonction de professeur. J'inaugurais une nuance nouvelle, l'enthousiasme vis-à-vis d'un poète qui avait fait table rase du passé, en lui, pour se formuler en pleine conscience, chercher le sens de son art et parer la poésie d'une beauté neuve; et la méthode m'était plus chère encore que l'œuvre.

Mallarmé me reçut un mardi soir (il réserva toujours le mardi soir à ses accueils) dans son étroit logis de la rue de Rome, dans cette salle à manger brune, où, dans le fond, une horloge paysanne, qu'atteignait à peine la lueur d'une lampe centrale, semblait attendre que l'énigmatique corbeau d'Edgar Poe vînt se placer sur sa plate-forme. Aux murs quelques toiles, mieux visibles et des dessins originaux de Manet, pour l'illustration de sa traduction des poëmes d'Edgar Poe. Il me présenta à Mme Mallarmé, déjà émaciée, avec de beaux yeux souffrants. Sa fille, Geneviève, tout enfantine encore, cousait auprès de sa mère en regardant parfois deux minuscules perruches vertes, jouets vivants, dans une cage, près de la fenêtre. Mallarmé fumait sa pipe devant la cheminée de faïence blanche. Le grog apporté, Mme Mallarmé et sa fille disparurent comme des ombres.

En grand poète indulgent, Mallarmé avait porté la conversation sur ce que je comptais faire, provoqué la lecture de brefs manuscrits écoutés avec une sereine attention, puis on parla très tard, de tout ce qui est l'art et aussi des poètes, des vivants et je cite cette phrase: « Tous les jeunes poètes devraient savoir par cœur les *Lèvres closes* de Dierx et les *Fêtes galantes de Verlaine.* » Les *Fêtes galantes!* nous n'étions pas cinquante à Paris, alors, jeunes, vieux, poètes et public à les connaître et à les aimer. Tout de suite, et c'est un trait de son caractère, Mallarmé, dès l'hommage de l'admiration, songeait à le partager avec ses émules ! J'étais averti ! Mais que d'autres lui ont dû de justes orientations.

Un autre mardi, nous parlions de Villiers-de l'Isle-Adam, d'autant plus méconnu qu'il y mettait du sien, qu'il n'existait en librairie sous aucune forme, se hâtant, dès qu'il avait un peu d'argent, de racheter ses livres pour les détruire. Mais Villiers avait ignoré qu'un bouquiniste vendait au tas et pour deux sous. des numéros du *Spectateur,* revue franco-russe à laquelle il avait donné nombre de contes (plus tard englobés dans les *Contes cruels*), et je les possédais. Mallarmé m'introduisait dans une petite pièce, sommairement meublée d'un divan ou plutôt d'un sommier sur pieds, rayé gris sur gris, d'étagères de bois blanc supportant quelques livres, mais où j'aperçus la délicate pendule de Saxe qui sonne les heures, dans un de ses plus beaux poèmes en prose. Il prit sur une des planchettes une sorte de registre. « Voici, collés et réunis, tous les contes parus de Villiers ! Souvent il a voulu m'emprunter ce texte, sous prétexte d'y noter, pour moi, des variantes récentes, mais je sais trop bien qu'il ne me le rendrait pas. Et voici Elen (c'était le léger cahier long, l'édition de Saint-Brieuc) et Morgane et Isis. » Et ce soir-là, Mallarmé me parla longuement de sa vieille amitié avec Villiers, de la visite que Villiers et Mendès lui rendirent à Avignon, et, très brièvement, d'une œuvre ancienne dont il leur avait fait connaître des fragments et par lui condamnée, comme relevant d'une esthétique trop courante: *Igitur d'Elbenone*. Je rencontrais parfois à ces mardis de 1879 à 1880, que Mallarmé a qualifié de « solitaires », un jeune écrivain, Raoul de l'Angle-Beaumanoir, romancier et non poète, et qui jamais ne fut mallarmiste. Mais il était venu, mû par une délicate pensée, et la première fois, pour remplir un devoir expiatoire. Sa sincère admiration excusait les torts de son père, qui dans un de ses stages en province, préfet, avait persécuté Mallarmé, professeur, parce qu'il croyait que Mallarmé, poète, se payait la tête des gens. Et c'était du *Guignon* et des *Fenêtres* que ce fonctionnaire était exaspéré! La présence de Raoul de l'Angle-Beaumanoir n'interrompait pas nos visions d'avenir.

Des amis du temps de jeunesse qui venaient parfois chez Mallarmé apportaient une autre atmosphère. Parmi les plus fréquents, le graveur Prunaire, voisin de campagne; Léopold Dauphin, le poète-musicien qui a écrit sur Mallarmé de jolis souvenirs imprégnés d'amitié vraie; Henri Roujon et Jean Marras. Avec ces deux derniers soufflait un vent de Parnasse et je découvrais les préoccupations et les sujets de conversation de mes aînés immédiats. « Leconte de Lisle est-il un aussi grand poète qu'Hugo... ou un plus grand ?... Non, c'est un plus profond penseur qu'Hugo, mais nul poète ne peut être plus grand qu'Hugo!... c'est bizarre... dans la *Légende des Siècles*, aux tomes qui viennent de paraître, il y a des strophes qui semblent des phrases de Michelet, mises en vers... très exactement! Le droit du génie de prendre son bien où il le trouve!... La strophe des *Emaux et Camées* n'est qu'un seul vers de trente-deux pieds!... On parlait avec joie de la dernière réception de Banville, cher à tous, très amical envers Mallarmé... Une allusion passait, voilée, au deuil de Mallarmé qui avait perdu son fils Paul... La plaie n'était pas cicatrisée. Marras savait beaucoup de choses.. Roujon, alors chef de cabinet de Jules Ferry, demeurait un peu fonctionnaire, mais son tour d'anecdotes était vif et précis. Il se retrouvait, à ces heures de propos heurtés, le Henry Laujol, brillant chroniqueur de la *République des Lettres*. Admirateur sincère des premiers poèmes de Mallarmé, il faisait des réserves sur ce qu'il connaissait de l'évolution mallarméenne. Cela se terminait presque toujours par quelques phrases sur Villiers. « Avez-vous vu Villiers?... Je tâcherai de le trouver à sa brasserie »; sur Mendès, qui s'éloignait un peu: « ... Catulle a toujours mille projets à suivre!... »

⁂

C'était le temps où le Parnasse, encore

concentré l'année précédente à la *République* des Lettres, se disjoignait : les uns allaient à la gloire et aussi à la popularité avec plus ou moins de concessions aux directeurs de journaux et de théâtres, et si l'on veut, au public; les autres demeuraient dans la poésie pure, d'où quelque dédain, un peu jaloux, des premiers à l'égard des seconds et sans réciprocité.

La solidarité avait duré quelque temps entre Parnassiens de la première et de la seconde heure, et lorsque l'on avait voulu exclure Mallarmé du Parnasse, Leconte de Lisle avait protesté net, dur, hautain, sévère à l'égard de l'évolution de Mallarmé, mais n'admettant point qu'on exilât d'une anthologie un poète convié à y apporter ses vers. Cela lui donnait la mesure de l'embourgeoisement du Parnasse. L'éditeur prenait voix au chapitre. Mallarmé restait souriant, blessé, calme. Un ami lui avait apporté pour qu'il écrivît ses vers, à son habitude, assis, et son papier sur ses genoux, une reliure vide devenue buvard et de belles feuilles de papier, marquées et filigranées S. M. Stéphane Mallarmé ? Non : « Service Municipal ». Cela venait de l'Hôtel de Ville. Mallarmé y avait pris grand plaisir. Parfois venait à ses mardis, Ingram, le traducteur d'Edgar Poe, ou John Payne, et l'on parlait longuement de la poésie anglaise, des *Mille et une Nuits* authentiques.

***

Aux années qui suivirent, des admirateurs nouveaux se présentèrent, d'abord rares, puis plus nombreux, et vers 1886 très nombreux, les poètes symbolistes, des critiques, puis des dilettantes désireux de s'incliner devant un grand poète, de jeunes écrivains indifférents à l'art de Mallarmé mais soucieux de conquérir un galon dans le clan littéraire, d'être du Tout-Paris des poètes, puisque cela *cotait* d'être invité aux mardis de Mallarmé.

II

LES INQUIÉTUDES D'HUYSMANS

Ce soleil de Médan, tout chauffé d'avoir étincelé sur les routes blanches du Midi, qui éclatait sur Paris d'un tel fracas d'injures, d'applaudissements, de haines, d'enthousiasmes, à grand bruit de manifestes, était bien fait pour transfigurer d'une coulée chaude l'atelier à petites vitres dépolies où un grand jeune Flamand, entêté, précieux et tatillon, J.-K. Huysmans, baudelairien-gautiériste, achevait de sertir à coups menus d'une lime un peu grosse, les facettes de son *Drageoir aux Epices*. Epices romantiques ou, selon l'épithète à la mode dans un petit cercle, faisandées, modernes, pessimistes, aiguës, nerveuses, maladives... Huysmans était alors, par essence, un mécontent, un nostalgique, un migraineux, un fignoleur. L'Aloysius Bertrand, édition Pavie, à côté de la *Tentation de Saint Antoine* de Flaubert! De grands rêves d'après Rubens, Delacroix, Chassériau, mais aussi d'après Daumier et surtout d'après

Rops et des prétentions à une précision d'orfèvre, mêlées à une singulière curiosité de la rue et à un amour presque physique de la peinture, de la belle couleur. Alors, cette large allure du roman de Zola, charriant l'épopée amoureuse de Miette et de Silvère, l'accent malade de la passion de Renée, le désespoir de Mouret et le fanatisme immense de sa femme, Albine mourant de la symphonie des fleurs, le tas de viandes, de légumes, de charcutières grasses, de poissonnières rutilantes écroulées devant sa dyspepsie fondamentale, enthousiasment Huysmans. Et voici la noce de l'*Assommoir* déambulant au musée et tout ce faubourg qui s'anime et qui souffre, platement, affreusement, humainement; c'est vu à grandes lignes avec une savoureuse abondance de détails, un joli travail de linguistique populaire. Tout cela est bien propre à faire crier Huysmans d'admiration et le voici parmi les cinq des soirées de Médan, avec Hennique, Alexis, Céard et Maupassant.

Il s'encadre; sa personnalité se révèle plus ressemblante à lui-même. De l'explosion naturaliste, il retient, parce qu'il les avait au fond de lui, le souci du détail et l'observation malveillante. Il est las, incurablement las, de naissance, fatigué de contemplation, de joie, d'ennui, de mouvement. Il est tenace et détaché, misogyne; il ne quitte pas des yeux le problème féminin. Il est découragé. Ce n'est point qu'il ne travaille, et âprement. Commis de ministère, romancier, critique d'art! mais il est las et (il l'espère), avec distinction, comme un artiste. Il voudrait refléter la vie. La vie ! Un admirable thème, mais pour s'approcher de ses épisodes, il faut marcher sur des épines. On n'y trouve point que des roses. De là un grand air dégoûté.

Ses amis, les peintres, et parmi eux, ceux dont il raffole, ont soin de noter toutes les tares de la beauté moderne. De la chair, du muscle, de la vérité et l'âge exact de la beauté. La madone raphaëlesque est rare sur le pavé de Paris. C'est la vérité qui est la beauté vraie. Donc, c'est Forain qui dessine le frontispice de *Marthe*, le premier roman de Huysmans, une étude de linguistique familière, grasse, poivrée, pimentée, distinguée où revit Bobino, bouiboui disparu; une très ancienne bohème s'y égaya.

Un éditeur a pittoresquement surgi devant les jeunes naturalistes. Sa boutique, rue d'Angoulême, fournissait de journaux et de livraisons tout une coulée ouvrière descendant de Ménilmontant et les midinettes de ce quartier, où abondent brunisseuses et sertisseuses. Dervaux lance les Médanais, Huysmans, Hennique et son drame romantique, *les Hauts Faits de M. de Ponthau.* Il y joint Vast-Ricouard, qui n'ont compris du roman de Zola que la scène à effet qu'y découpe, à grands cris de chouette, la critique pudibonde, et accumulent les scènes à effet sans ordre, sans style, sans littérature, d'où divorce entre les Médanais et Dervaux épris de Vast-Ricouard.

Après *Marthe*, Huysmans donne *les Sœurs Vatard*, exploration des quartiers alors ignorés de Plaisance et de l'avenue du Maine avec étude linguistique particulière; puis *En Ménage*, roman des nerfs malades, de l'ennui de la vie, du poids du bureau. Dans ces deux romans, Tibaille tient les Desgenais et s'éparpille en vues pittoresques. Tibaille, c'est Huysmans hérissé, bon garçon, aventureux, résigné, un sage inquiet, clairvoyant, nonchalant, spleenétique. Le spleen de Huysmans! Un spleen de collectionneur de spleens! Il en a de parisiens, nés du contraste entre la beauté du soleil et l'ennui morne de la vie, de londoniens remplis de suie et de fumée; de flamands: quelle maigre chère rencontrent les enthousiastes appétits! de découragés: que Paris est monotone! de rageurs, quelle incompréhension du vrai talent; d'enthousiastes! De quel éclat trouent ce Paris grisâtre les tableaux impressionnistes incompris. Il en a de cythéréens! La femme est bavarde et vulgaire! Il a le spleen des spleens, car il va au bureau. Fonctionnaire, c'est un modèle du genre, un parangon d'exactitude!

A rebours le classe. Est-ce sa faute si c'est son moins bon livre qui porte. Il a jeté là, pêle-mêle, toutes ses rancœurs, tous ses dégoûts, tous ses engouements, ses curiosités, son appétit de style mordant et expressif, ses notions récentes. Au fond il s'est modifié. Le naturalisme l'ennuie. Il renforce ses premières recherches : du rare ! Du rare, rare de fond, rare de forme, du précieux, du raffiné, du subtil, de l'inconnu. Il revient au culte du frisson nouveau. Il le traque dans la vie et dans les bibliothèques. Il s'est remis à Barbey d'Aurevilly; il a découvert Mallarmé et Villiers. Il entasse comme dans une malle les chaussettes de couleur rare, les cravates exquises, voyantes sans être criardes, les tortues à bijoux, les eaux-de-vie extraordinaires, les fleurs aux parfums malévolents et au dessin d'ustensiles, Luyken qui a gravé de si effrayants supplices et la nalifcka, liqueur russe inconnue.

Son héros part en voyage; ira-t-il à Londres ? N'importe où hors du monde ! Sur la route, près de la gare, il trouve une taverne anglaise: roatsbeef! lads qui plient le roatsbeef en quatre et l'avalent en deux bouchées ! ale claire, stout d'acajou !

Tout Londres ! Rentrons. Fouette cocher !

Il a fondé la religion de l'à quoi bon! mais de l'à quoi bon avec recherches compliquées, mystiques, dédaigneuses, inlassables en même temps que découragées. Son *Floressas des Esseintes* ne tarit pas de menues découvertes. Son ennui change de pôle! C'est le plus nerveux et le plus impatient des Ecclésiastes. Des Esseintes dépasse étrangement ce disert, coquet et abondant Montesquiou que Mallarmé lui avait présenté. Mais Mallarmé écrit en vers la prose pour des Esseintes. Le symbolisme naissant adopte Huysmans parmi ses oncles. Huysmans est un des très rares écrivains à qui Laforgue envoie ses *Complaintes* dédicacées. On ne s'aperçoit pas tout de suite du mal que fera *A rebours* aux recherches logiques du symbolisme; on tient compte à l'écrivain de sa curiosité sans voir que cet hymne à la beauté rare est écrit un peu à la diable, avec de jolies trouvailles d'épithètes médiocrement serties, toujours matérielles, et que la forme est moins artiste que dans les précédentes œuvres de Huysmans, alors qu'il l'eût fallu féérique et diaprée. Barbey d'Aurevilly a dit à Baudelaire qu'après les *Fleurs du Mal*, il ne lui reste plus qu'à se brûler la cervelle ou se faire chrétien. Huysmans se fait chrétien, mais d'abord avec fantaisie Il rêve de prêtres interdits, magiciens puissants et criminels. Il est satanique à la Rops. Il va à la messe noire. Il est certain qu'on en célèbre dans le quartier Saint-Sulpice. Une dame le lui a dit. Il l'a cru. Je crains qu'il n'y soit point allé voir.

⁂

Mais cette détresse de la vie, ce navrement permanent de la désillusion qu'il a échoué à peindre dans *A rebours*, de la désillusion lyrique au sein de la richesse, (car il a pris le ton un peu faux, au-dessus ou au-dessous du juste), il les a dépeints dans le détail courant, en maître, dans *le Dilemme* et *M. Folantin*. L'atavisme des peintres flamands l'anime. De quelles épithètes pittoresques et vengeresses ne flétrit-il pas les vol-au-vent tarés, les mayonnaises traîtresses, en même temps que l'âpreté des notaires et la roublardise cruelle et avaricieuse de ses bourgeois ! Et la vie de campagne ! le désespoir des gens qui ont loué avec enthousiasme une maison écartée, et qui se désolent, parce que le facteur dépose leur pain et leurs lettres sur une borne, à deux kilomètres de chez eux et qu'ils les y trouvent ou poussiéreux ou détrempés. Que faire dans ce gîte malencontreusement solitaire? Rêver! Ils ont des visions traduites d'un beau style. Etat second ! Orientation nouvelle sur les mystères de l'inconscient! Ici, aussi, il a tenté une grande nouveauté, de montrer en pleine lumière, le cerveau, peuplé de rêves, de ceux dont il vient de détailler la vie monotone. Ouvrir des fenêtres sur l'intérieur, faire briller dans l'âtre cendreux les braises de la pensée! il s'en lasse. La foi le saisit. Un jour, passant au long de Saint-Sulpice, je vois, par une porte latérale ouverte, passer à l'intérieur de l'église une procession; des laïcs suivent tenant des cierges allumés. Lacroix, l'historien du tsar Nicolas, puis Huysmans. Désormais, il est fixé. Il devient le romancier de la Cathédrale. Ce futur oblat, je le rencontre les mains frileusement blotties aux larges manches d'une lévite de coupe sacerdotale.

Il prend sa figure définitive. Ses livres ne contiendront plus de hors-d'œuvre brillants comme la vision d'Esther, de *En rade*. Il tisse laborieusement, absorbé, sans souci de ce qu'il a tant cherché, la couleur et le pittoresque. Son art est intérieur. Durtal remplace Tibaille. C'est un hagiographe de style nouveau.

Certains de ses amis ont donné part à l'atavisme dans sa conversion. Le vieux fond inné aurait bousculé toutes les notions acquises. Littérairement, Huysmans abjure les vains ornements. Son inquiétude est la même. Au lieu de traquer les termes de métier pour les tailler en cabochons sur les maillons de la phrase, Huysmans essaiera de faire uni, majestueux, sobre, liturgique. Mais que le vieil homme revient souvent et que de fois le culte de l'épithète rare se représente! Son beau et son bien rencontrent des adversaires. Comment se tenir *d'abominer!* Et puis il y a des marchands autour des temples. Il caresse le manche d'un fouet solide. Il s'avance fulgurant de foi vengeresse. Mais la charité ! Il s'apaise. Tout de même on a vu la lanière. Le vocabulaire reprend sa noblesse, le mécontentement gronde pourtant en quelques phrases nerveuses. Le monde le persécute encore. Une cure à la Trappe apaisera ses nerfs. Pour un temps ! Ses nerfs ne sont pas de ceux qui s'apaisent. La lassitude ne le tasse pas. Elle l'exacerbe. Il lui arrive de maudire ce qu'il a adoré. Ce n'est peut-être pas sans regret, avec un soupçon de remords. Il est homme de lettres, avant tout, malgré tout.

***

Il me donnait parfois rendez-vous à son ministère pour aller vers quelque café. Il n'était point d'homme plus tourmenté. Tous les soucis passaient au premier plan. Une peur affreuse d'être dupe. En même temps que l'éloignement du vulgaire, un goût certain, visible, de la popularité. S'il tenait pour admirable l'état de gloire avec vingt lecteurs où il avait trouvé Mallarmé, il eût aimé pour lui-même la diffusion des gros tirages qu'il n'avait pas encore obtenus. « Zola, me dit-il un jour, croit qu'il est le plus lu des écrivains. Il ne sait pas que le *Lourdes* de Lasserre s'est vendu à quatre cent mille! » Il n'estimait pas possible de pouvoir conquérir les masses, il eût voulu toute l'élite. En tout désintéressement. Il a toujours vécu en bénédictin, en étudiant sage et pressé d'accumuler des notions. Il se plaignait d'une sensibilité d'écorché, et de fait, à ce moment, d'avoir travaillé son dilettantisme, il souffrait de tout. Il abordait tout avec pessimisme, détachant des mots pittoresques comme des copeaux. Il aimait qu'on lui indiquât ou lui apportât des catalogues où il trouvait des termes de métier dont il se servait pour faire image, et s'il y trouvait des traces de futilité humaine, des cocasseries procédant de l'imagination de trop pittoresques vendeurs, il s'en ébaudissait longuement et silencieusement. Il contait avec attendrissement la vie de Cézanne, dont il montrait avec une joie orgueilleuse, chez lui, des natures mortes achetées chez le père Tanguy. De fait, il fut des premiers qui mirent Cézanne à sa vraie place. Il était grand admirateur des primitifs de tous les pays et s'efforçait à dégager de leurs tableaux leur nuance d'âme, et quand ils avaient détaillé les tortures des saints, les bandes de peau soulevées, les chairs entaillées, il leur prêtait de la férocité. Il exigeait du contemporain une consistance marmoréenne, et si quelque homme de lettres s'était laissé aller à une concession, tout irrité et confus qu'il s'en montrât pour la corporation, il ne laissait pas de s'en gaudir intérieurement, car il se jugeait un maître en petits portraits verbaux, martelés et péjoratifs, et une petite flamme luisait dans ses yeux gris. On ne lui contestait pas le droit à la sévérité, car il ne s'écartait jamais de la littérature pure. Malgré l'équilibre et la sobriété de son aspect, il ne détestait pas les vaticinateurs. Il en suivait un petit temps la fanfare, l'air réticent, mais au pas accéléré. Puis il bronchait et tournait court. Il eut, sur certains, des désillusions. Il n'en parlait pas. On le sut par les autres qui jetaient laves et scories, d'avoir été lâchés par lui. Sans doute ils y perdaient.

*
* *

Ce Huysmans encore jeune, grand, svelte, busqué, cheveux ras, chapeau bords plats, était aimable et brusque. Au petit café où il emmenait ses amis, et de préférence un seul ami à la fois, (à plusieurs, on fait cénacle, ce n'est pas élégant !), il commandait d'un air sévère des mélanges apéritifs. Son expérience lui avait fourni un constat, amer naturellement. « Nous arrivons au café, vous demandez un lait et moi un vermouth, le garçon déposera toujours le vermouth devant vous, le lait devant moi. Vous payez, il me rend la monnaie ! C'est moi qui règle ; c'est à vous qu'il rend la monnaie ! Ça ne rate jamais. C'est inexplicable et universel ! » En effet, ça ratait rarement. Nous appelions ce constat « la loi d'Huysmans ». Heureusement pour lui, il n'avait pas trouvé que cette loi au cours de ses longs et méandriques périples intellectuels, mais ce faisant, il était en plein dans son domaine, au moins dans le domaine qu'il s'était taillé, dans sa jeunesse, qu'il arpentait nerveux, subtil, rare, impatient de ses limites, toujours enclin à le trouver monotone, angoissé de l'inquiétude d'être effleuré par la banalité, inquiet, plus inquiet peut-être quand il semblait s'arrêter à une certitude, et à ce moment, très épris de ce spectacle de la vie qu'il maudissait à phrases brèves, irritées, dont il polissait la verdeur pittoresque et l'éloquent prime-saut.

III

VERLAINE et VERLAINIENS DE LA PREMIÈRE HEURE

Parmi ceux qui se pressent aux jours de commémoration, autour du monument de Verlaine, au Luxembourg, la plupart n'ont connu que le Verlaine des dernières années, clopinant et maugréant, la face couleur de vieil ivoire, le crâne nu, quelques poils follets d'un gris dur aux joues.

Les jeunes évoquent en esprit la face de Verlaine, tel que le peignit Carrière, appâli de mysticité, les yeux humides et lointains dans le masque attendri. Pour d'autres, une vérité plus littérale surgit du souvenir du portrait d'Aman-Jean où Verlaine apparaît revêtu de la capote bleue de l'hôpital, ce strict costume de ses heures d'affres, mais aussi de repos, presque de villégiature. Pour d'autres, une réalité plus ancienne s'impose d'avoir revu, dans le *Coin de table* de Fantin

Latour, Verlaine jeune et robuste, un Verlaine de vingt-cinq ans, mais qui en paraît trente-cinq, un Verlaine d'avant les malheurs, mais chez qui déjà s'est manifesté le génie.

Autant que plus tard, par le chapeau cabossé, le foulard éclatant, le col chiffonné de la chemise molle, le veston lâche, Verlaine affirme la bohème victorieuse et la revendication du poète mal renté, autant ce Verlaine d'antan, d'avant la guerre, la Commune et les prisons, pratique l'élégance correcte et effacée du fonctionnaire. Il se vêt de noir, se coiffe du haut de forme de lasting, fait empeser ses plastrons et fixe au col rigide une minuscule cravate noire. Il exagère la gravité.

Sous l'énorme front déjà dénudé, les yeux creux semblent aspirer de la rêverie. Ce n'est que depuis quelques mois qu'il n'est plus saturnien. Pourquoi l'était-il? C'était d'avoir bu copieusement à la coupe de vin noir que tendait Baudelaire. Son saturnisme ne s'alliait-il pas à des accès de gaieté soudaine, enfantine, mystificatrice? Certes! ce sont là des chocs en retour d'une tristesse, innée, mais accrue par la volonté et la littérature. Le Parnasse est pessimiste. De plus ce n'est pas amusant d'être employé à la Ville. Les plus belles heures de la vie, se passent à rédiger... Quoi? des détails d'applications de budgets municipaux. Le grand bonheur c'est d'y échapper, d'aller au Louvre où les quelques toiles des sombres maîtres espagnols et les Watteau de la salle Lacaze — ornements nouveaux du musée — offraient à un poète un contraste si émouvant, si délicieux. Plus grande encore et quotidienne, c'est la joie de l'évasion du bureau vers les petits cafés où l'on retrouve les bons amis, des amis de lettres, des musiciens, des peintres. Verlaine est un grand piéton de Paris. Il le traverse sans cesse. De son logis de la rue du Cardinal-Lemoine, le voici en route vers les Batignolles, vers Montmartre! Il flâne. En marchant, il cherche ses poèmes. Le décor le pénètre, mais il n'en saisit que la note générale.

Ce n'est pas lui qui chantera, comme Mérat, les fenêtres fleuries où les jardinets de poupées signifient l'immense amour de la nature des jolies cousettes, ni comme Antony Valabrègue, les petits coins riants de la banlieue et les gemmes dorées du vin blanc sous les tonnelles. Le seul décor parisien qu'il ait vraiment poussé c'est ce *Nocturne* des *Poèmes saturniens* où palpite l'eau lourde de la Seine, miroir de reflets et fraîcheur sombre de la nuit. Ce qu'il note en marchant dans les rues de la ville, c'est quelque teinte grise du ciel et des choses, des sentiments de transe ou de languide paresse.

Verlaine est parti de l'Hôtel de Ville, cinq minutes avant cinq heures. On est un employé consciencieux ! D'ailleurs le poète ne doit-il pas apporter à tout ce qu'il fait le souci de la perfection ? Cinq heures précises serait prosaïque et expéditionnaire ! Moins cinq met le brin de fantaisie qu'il faut. Il a passé tout le jour parmi les cartons verts, à l'*ordonnancement* où il est rédacteur. Tout le jour, sauf propos sur les larges paliers avec Armand Renaud, peut-être, qui connaît si bien les poètes persans. Affirmer qu'il n'a point écrit quelques vers, à une heure d'indolence administrative, ce serait méconnaître Verlaine et son sagace emploi de son temps. Mais enfin, le soir vient; le budgétivore a payé son tribut; le poète s'en va libre, majestueux. Il hésite sur le seuil de la cage quotidienne. Le Pégase impatient s'ébroue sous le haut de forme. Se jucher sur l'impériale de l'omnibus, cingler vers la rue Nollet, où l'attendent les questions et la sollicitude de Mme Verlaine, sa mère, on n'y pense pas tout de suite! C'est l'heure charmante où dans le jour encore bleu les lampes mettent des fleurs de lumière dorée. On va rue Nollet, mais longuement, à pied, d'autant que Pégase est en bonne forme et que les étincelles de ses sabots divins prennent figure d'images. Et n'y a-t-il point de plaisir à être l'homme des foules, et, dans cet embarras bigarré d'acheteuses chargées de paquets, de vendeurs las, de badauds lents, de banlieusards pressés, d'être le grand inconnu qui marche, rythmant, de son pas nonchalant, les musiques de cette fête, la naissance d'un poème ? « Les sanglots longs des violons » se murmure-t-il. Comme il est loin de tous ces passants, encore qu'il en apparaisse tout proche, par le haut de forme, la jaquette assez bien coupée, sans trop d'effet, et la petite cravate noire toute faite, barrant le col blanc. C'est un délice de la vie d'être à la fois si semblable et si différent. « Ils ne savent pas ! » Le poète passe, indulgent d'abord, grondeur ensuite, car ils le gênent d'être coudoyé. Il darde des regards provoquants; personne ne relève le défi. Il s'arrête à quelque cabaret, il note « les sanglots longs des violons », mais tous ces gens des quartiers centraux prennent devant les apéritifs des repos bien bruyants ! Le poète regrette les Batignolles, où il y a de la jeunesse et des peintres. Un bain de foule pour y parvenir ? c'est salubre et moderniste ! On peut bien être saturnien et moderniste ! Verlaine est-il encore saturnien ? Son saturnisme a été d'ailleurs criblé d'embellies comme un bois de cyprès de clairières riantes, et lorsqu'il voyait luire les trente-deux dents de la mort en chevauchée, il se remettait en printemps, le lendemain, pour chanter les grâces du baiser, peut-être à l'occasion d'un peu de musique criarde, entrant dans la lourdeur de l'après-midi d'été par la fenêtre ouverte du bureau, sonorité d'un orgue des rues, en train de moudre la valse célèbre alors, *Il Bacio*.

On peut être baudelairien, saturnien et bien vivant, aimantant toutes les sèves de la joie, comme de la douleur ; mais voici gagnées les Batignolles familières, un grand diable de café ,le café d'Orient Le poème est fait. Il n'y a plus qu'à le noter. Garçon ! de quoi écrire et voici d'ailleurs que Charles de Sivry entre, s'assied, souriant, fait signe au poète de ne point poser la plume et tranquille opalise les deux absinthes, en face de Verlaine, content.

Charles de Sivry n'est pas encore l'homme-orchestre, l'homme petit-orchestre que les générations suivantes connaîtront. Il est jeune, porte beau, wagnérise comme toute l'élite, mais avec des variantes, original, fervent de grand art, mais aussi de bouffonnerie musicale.

Avant que le mot folklore ait été fixé par la mode sur l'étude de la chanson populaire, Sivry sait toutes les chansons populaires de France, les joue, les chante, les harmonise. Il est lettré. D'avoir rencontré chez Gérard de Nerval un précurseur, l'introducteur dans la couleur romantique, de Dine, de Chine, de Suzette, de Martine et de la duchesse de Montbazon, qui si gentiment dansent en rond, il a pénétré plus avant dans l'œuvre de Gérard et veut mettre en musique la légende d'Hiram et de la reine de Saba. Sans doute a-t-il déjà écrit cette partition fantôme qu'il fit exécuter plus tard, tout ou partie, en cantate, à une fête du Grand Orient de France, partition probablement restée manuscrite et certainement introuvable si bien que la musicalité de Sivry reste impalpable, à ceux qui n'ont point fait attention, plus tard, lorsqu'en quelques cafés montmartrois, Sivry, avant ou après le concert, songeait les mains au piano, soit qu'il improvisât ou se souvînt de quelque pièce courte et expressive, bredouillant si on lui en demandait le titre ou la date; homme de talent, esprit diffus, distrait à mettre deux ans à répondre à une lettre: un dormeur éveillé, riche dans le rêve comme Hassan dans le palais d'Haroun, et dans la vie, pauvre comme Job. Il a servi de prototype au *Salangane* du *Glatigny* de Catulle Mendès, mais il ne prenait pas d'opium. L'absinthe suffisait et surtout tant de corvées musicales qu'il accomplissait pour vivre, légèrement, activement, mais qui lui dévoraient son temps. Une grande affection le liait à Verlaine, avant que des liens de famille les unissent, liens éphémères, et quand ces liens furent brisés, leur mutuelle affection résista.

∴

Parfois se joignait à eux, épreuve affaiblie de la même série, Ernest Cabaner, musicien si paresseux à rédiger ses compositions que sa légende l'accuse de n'avoir écrit qu'une mélodie le *Paté,* qu'il chantait à toute occasion, qu'il avait développé en petit oratorio avec chœurs, alpha et oméga de son œuvre. La vérité est que Cabaner avait musiqué nombre de poèmes de ses amis, la moitié du *Coffret de Santal* de Charles Cros, des vers de Léon Dierx. Il les chantait d'une voix déjà cassée, disaient les gens de ce temps-là. Il devint tout de suite fabuleux à cause de son indolence, de son noctambulisme, de ses yeux extraordinairement clairs dans un visage brique rose, pour une bizarre houppelande à longs poils, jaune clair, dont il réussissait à trouver la réplique, quand celle qu'il portait se ridiculisait d'excessive calvitie.

Il était légendaire par ses mots, mais il est à supposer qu'on lui en prêta autant qu'à Bonhomet, si même l'auteur de Bonhomet ne collabora pas à la collection. Il eût dit : « Mon père était un homme du genre de Napoléon Ier, mais moins bête. »

On conte qu'aux funérailles de ce père, Cabaner rendant les coups de chapeau à ceux qui saluaient le convoi, se pencha vers son voisin et lui murmura : « Je ne me croyais pas aussi connu. » Pendant le siège, Cabaner s'informa un jour de la nationalité des assiégeants : « Ce sont des Prussiens? — Toujours les Prussiens! Je croyais qu'il était venu d'autres peuples! » Les mots de Cabaner, ou à lui prêtés, impliquent une profonde ignorance de tout ce qui n'était pas la musique ou les vers de ses amis. Pourtant il allait partout, mais n'y écoutait jamais que sa lente et errabonde rêverie.

Aux heures de causerie intime, assistait souvent Edmond Lepelletier, qui n'était pas encore le journaliste ubiquiste, le romancier preste et cursif, le polygraphe averti, doué de style et prouvant souvent qu'il avait été un rimeur et de large allure. Lepelletier donnait des vers à l'anthologie parnassienne à peu près complète que fut d'abord le *Parnasse contemporain*. Il était plus romantique que parnassien et tout de même attiré vers Verlaine par ce qu'il y avait de modernisme dans les *Poèmes Saturniens*. Mais détruire l'Empire lui paraissait plus urgent que de rimer. C'est sans doute par lui que Verlaine connut Vermorel, Maroteau et Vermersch, qui était un joli écrivain, et comme Verlaine très poète de villes du Nord, brumeuses avec des filets de soleil.

Où Verlaine avait-il rencontré pour la première fois Charles Cros? Peut-être chez Nina de Villard. Les deux poètes avaient des points communs, dans leur recherche de style sobre et ému, l'amour du parfum moderne, d'une rareté d'esprit qui marque l'essence du poème et le signe de sa particularité, le goût d'une formule qui sait demeurer contenue au risque de paraître sèche. Là s'arrêtaient les similitudes apparentes, mais au fond Cros, linguiste, savant, inventeur, poète, n'était pas plus inquiet, dans son activité multiforme, que Verlaine dans sa course passionnée à travers l'éthique des apparences, et les conflits des sensations. Ils s'estimèrent en artistes qui courent au même but par des routes différentes et sans doute s'unirent à décréter la déchéance du grand poème mythique édifié par Leconte de Lisle. Tous deux avaient pareil désir de tordre le cou à l'éloquence.

Ils se brouillèrent. Rimbaud en fut la cause. Cros hébergea Rimbaud, dans les premiers temps de son arrivée à Paris, en son étroit logis de la rue Séguier. Là, sur une belle commode, s'étageaient en ordre chronologique des numéros de l'*Artiste,* où Arsène Houssaye avait publié la plupart des poèmes qui composent le *Coffret de santal.* Un jour, Cros va à ses revues, les ouvre, non point pour se relire, mais parce qu'un éditeur songeait à publier son recueil. Les pages manquaient toutes où se trouvaient l'*Orgue*, l'*Archet*, etc. Rimbaud se targua de les avoir lacérées, et non par admiration et pour les posséder. Il les avait affectées à différents usages familiers! Cros se fâcha! Qui n'eût fait de même? Mais Verlaine prit le parti de Rimbaud, et les trois poètes se quittèrent sur un échange de paroles si amères, que vingt années n'avaient pas apaisé l'indignation de Charles Cros lorsqu'il me parlait de cet épisode et d'autres, corollaires.

De même Albert Mérat se brouilla pour un temps avec Verlaine. Mérat, qu'il aimait beaucoup pour son dandysme, Mérat qui était aussi un de ces parnassiens modernistes qui préféraient la Seine au Gange, Bougival à Bénarès et fuyaient le joug idéologique de Leconte de Lisle. Pourtant Mérat écrivit les *Villes de marbre*. Le marbre était très à la mode dans le Parnasse. Le vers devait être de marbre, comme la Vénus de Milo. Au moins les parnassiens faisaient-ils ce qu'ils pouvaient dans ce sens et l'illusion est un grand bienfait.

Mais il y avait déjà, dès les *Poèmes saturniens*, à leur date, cette petite fissure dans le Parnasse, et quoiqu'en apparence férus de la formule rigide, altière et impassible, Verlaine et ses amis se dirigeaient vers la poésie personnelle, émue, cursive s'il le fallait, tandis que Mallarmé reprochait au Parnasse. implicitement, par ses poèmes, d'offrir plus de hauteur verbale que d'altitude de pensée. Le Parnasse croyait s'enrichir de nouveaux talents. Il s'élargissait, mais à en éclater. C'est peut-être pour ces divergences d'idées que le Parnasse, quoique Catulle Mendès ait voulu, tardivement, le cristalliser en bloc, se divisa rapidement en petits groupements, fraternels sans doute mais opposés; la petite bande de Verlaine prit très vite ses aspects distincts.

Et des jeunes venaient s'y joindre dont le plus remarquable était Germain Nouveau, un temps hésitant entre l'esthétique de Mallarmé et celle de Verlaine et de Rimbaud. C'était un esprit complexe, peintre et poète, singulièrement nerveux, d'une bizarrerie d'intelligence féconde en déguisements divers, d'une personnalité réelle mais changeante.

Germain Nouveau ne s'était point encore placé sous le patronage de saint Labre et n'avait point arboré ce pseudonyme d'Humilis, dont il était modestement fier. C'était un grand garçon brun, doux, timide, têtu, affable, silencieux et dont Mallarmé faisait grand cas peut-être d'autant plus qu'il s'écartait du mallarmisme.

Et d'autres se seraient dès lors groupés autour de Verlaine, mais vinrent les malheurs, les tempêtes, les exils, et ce fut remis à plus tard pour n'en reprendre que plus d'efflorescence.

IV

VERLAINE VERS LA FIN DE SA VIE

Voici vingt-cinq ans, le mercredi 8 janvier 1896, que Paul Verlaine s'éteignit. Il était tombé malade le 1er janvier, affirma sa compagne Eugénie Krantz à Gaston Stiegler, qui le vit avant son entrée en agonie. Pourtant le 2 janvier, il retournait à Pierre Dauze des épreuves corrigées, accompagnées de cette lettre :

Cher Monsieur,

Je vous accuse réception de vingt francs et des épreuves que je vous retourne. Excusez l'écriture. Je vous écris au lit et dans la fièvre avec une espèce de gastrite très sévère.

Tout à vous,

P. Verlaine.

Ces épreuves corrigées, c'étaient celles de ce sonnet très peu connu, le troisième d'une série « Bibliotaphe » (Episode de 1870-71) :

Le colonel et sa traduction d'Horace,
Son exemplaire avec quel soin relié,
— Coins fins, ors mis au point — d'un art presqu'oublié
Sont tombés de cheval dans le combat tenace.

Un hussard de la mort à terre s'est rué,
Lettré qui sur l'Horace a mis sa main rapace.
Le colonel alors sur ses reins se ramasse
Et d'un coup de son revolver l'a tôt tué.

Mais lui-même il se sent mourir de sa blessure,
Et ne voulant mourir sans que rien le rassure
Contre le retour d'un tel vol que ci-dessus

Il détruit des cinq coups qui lui restent, le livre
Qui brûle et se consume à ses côtés. En sus,
La bataille en ce lieu même arrive, et se livre.

Vingt-quatre sonnets devaient composer ce volume de biblio-sonnets que Pierre Dauze ne publia qu'en 1913 avec de beaux et fins dessins de Richard Ranft. La publication en avait été décidée au cours d'une rencontre du bibliophile et du poète à la bouquinerie Chacornac où fréquentait Verlaine, bouquinerie sise quai Saint-Michel.

Quais de Paris! Beaux souvenirs! J'étais agile,
J'étais, sinon bien riche, à mon aise, en ces temps...
J'étais jeune et j'avais des goûts très militants,
Tel un bon iconographobibliophile...

. . . .

La Seine s'allongeait — elle s'allonge encor —
Comme un serpent jaspé de vert, de noir et d'or...
Le vent frémit toujours!... l'aimable paysage.

Ainsi dans ce petit volume, Verlaine évoque les années de jeunesse, le tour du quai, au sortir de l'Hôtel de Ville au long de la corbeille des vieux livres à l'heure jolie du loisir.

*
* *

En même temps que ses Biblio-Sonnets écrits d'octobre à fin décembre 1895, Verlaine s'occupait d'un livre de vers, le *Livre Posthume*. Malgré ce titre il comptait bien le publier de son vivant. Qu'était, au juste, que devait être ce *Livre Posthume?* Sept pièces en ont été écrites dont l'une semble liminaire et qui débute :

Le poète a fini sa tâche, l'homme non.

Car l'homme n'a pas résolu le problème de sa vie.

Sa mémoire ne lui dit rien qui le console ou le désole en quoi que ce soit...

Bref, il rêve d'être heureux et se proclame heureux dans

une chambre commode et bien chaude et bien fraîche, fraîche comme un bouquet, chaude comme une crèche!

C'était le logement qu'il occupait au 39 de la rue Descartes, dans un décor populaire et médiocre, près de ce terre- plein de l'Ecole polytechnique toujours babillard des propos des ménagères, près d'une fontaine publique et d'ébats d'enfants, près aussi de la rue Mouffetard, entassement de bric-à-brac et de nourritures, Eden très relatif que tout cela! Les quelques poèmes du *Livre Posthume* s'énoncent tous dans un décor funéraire, avec sans cesse l'affirmation de la joie et de la vie.

Quelquefois le poète s'adresse à sa compagne en l'appelant « chère veuve » ; il dépeint les regrets qui le suivront alors qu'il sera disparu. Il semble que, malgré son propos liminaire, au moins toute une partie du volume devait être proférée comme par une voix d'outre-tombe. Faut-il trouver dans le ton de ces quelques deux cents vers, indication unique de ce qu'aurait pu devenir ce livre, comme un pressentiment de sa fin prochaine? Il est difficile de le démêler. Le plus frappant, c'est la ressemblance du fond de ces derniers vers et de ses anciens vers. Le poète n'était pas mort et ne cessait point d'écrire des vers d'amour, même au décor funéraire. Seulement ce n'est plus le ton des *Romances sans paroles*, mais plutôt celui de *Sagesse* qui lui servait à affirmer de quelle ferveur il serait amoureux, avec douceur et opiniâtreté.

***

Aussi Paul Verlaine, en ces années finales, songeait au théâtre. Dans ses conversations revenait parfois l'affirmation qu'il écrirait un *Louis XVII* et il en communiquait d'une voix basse et brève, heurtée et confidentielle, le plan ou l'indication de quelques épisodes. Verlaine n'était point naundorffien : mais il était persuadé que le Dauphin n'était pas mort au Temple. Documentation ? Intuition plutôt. En tout cas ses opinions sur la question, et cela met en relief sa perspicacité, offrent des affinités avec les vues que M. Lenotre a si ingénieusement déduites des Archives.

Son Dauphin enlevé du Temple, était transporté en Vendée, et c'est un jour de bataille qu'il trouvait la mort, parmi ses partisans ignorants de sa personnalité, sous les balles des bleus, dont aucun ne se doutait que le fils de Louis XVI pût être devant eux.

Quelques mois avant sa mort, Verlaine avait donné une suite de conférences en Belgique. Ces conférences étaient, à proprement parler, des lectures de ses poèmes entremêlées de quelques détails anecdotiques sur leur création, de quelques propos esthétiques. Encore que sa voix fût monotone et voilée, Verlaine arrivait à la faire entendre dans des salles assez spacieuses, mais il fallait que les auditeurs tendissent l'oreille.

A cette tournée, le jeune barreau de Bruxelles, où les lettrés foisonnaient, tint à lui demander une causerie. Le président du jeune barreau était alors Henry Carton de Wiart, le futur ministre, mais qui n'avait pas encore abordé la politique ni publié ses curieux romans historiques. Il se bornait alors à diriger une revue: *Durandal*, dont le titre indique bien les tendances, revue rédigée par des jeunes gens de talent et tous admirateurs de l'art verlainien. La conférence eu lieu dans une salle du Palais de Justice de Bruxelles. « Il me revient, dit Verlaine (dans son petit livre *Mes Prisons*) que le nouveau Palais de Justice de Bruxelles est babélitiquement monumental et je veux bien le croire: l'ancien était hideux d'incommodité, de laideur et même de pauvreté, lépreux littéralement. » C'est par l'expression de son étonnement sur le changement de décor et aussi sur son identité fondamentale, car un prétoire ressemble toujours à un autre prétoire, que Verlaine commenca sa conférence, très égayé de se trouver là, causeur écouté, maître admiré, lui qui, par suite de quelque grabuge et malentendu, s'était trouvé dans une salle toute pareille, frappé par la rigueur des lois belges, appliquées sans atténuation, d'une main sinon lourde, au moins trop généreuse. Il conta cette vieille affaire aux jeunes avocats et ses périples dans le vieux Bruxelles d'alors, dessinant toute une vie de petite kermesse, dans des quartiers depuis longtemps retouchés par l'édilité, d'un ton uni de témoin amusé, d'une bonhomie indulgente. Il plaisantait le Verlaine d'alors, ce grand bougre dégingandé, maigre, violent, si différent de ce pauvre Lélian qui était au milieu d'eux, joyeux mais souffreteux, en pantoufles à cause de l'arthrite, un magnifique foulard couleur d'or autour du cou, pour la coquetterie.

Tous ces jeunes gens s'étaient pressés autour de lui. On eût dit d'un professeur, durant sa classe, assemblant ses élèves près de sa petite table, comme pour la communication d'une estampe rare. Le hasard ou plutôt le retour des choses, la victoire de son art lui redonnaient une bouffée de jeunesse en lui ménageant un triomphe aimable à l'endroit même où il avait subi une de ses pires douleurs. Verlaine adorait la Belgique, il n'en craignait plus que les pavés qui sont en général ronds, disposés avec une étonnante variété en chausse-trappes et en ornières, notamment autour des églises qu'il se piquait de visiter toutes. Ces pavés encadraient ses joies spirituelles de mortifications qu'il ne subissait point sans quelques jurons.

La vie de Verlaine fut pittoresque autant que dure. Certaines pages peuvent évoquer ces dîners d'Auteuil où nos grands classiques ne dédaignaient point de s'égayer très vivement. D'autres peuvent rappeler l'hyperbole romantique. Le souvenir de Villon errant dans la Cité près des Madeleines non encore repenties s'apparie à celui de Verlaine clopinant dans les ruelles sourdes, son bâton à la main, son cache-nez aux yeux, le feutre étroit et cabossé. Il a écrit un petit livre sur ses *Hôpitaux;* il en eût donné un aussi curieux sur ses domiciles, chambre sous le chemin de fer de Vincennes, à la Cour Saint-François (à côté d'un chantier de bois rempli de madriers immenses), fermes dans les Ardennes si nonchalamment gérées, chambrettes du quartier latin, dans des hôtels d'étudiants. Sa chanson a souvent résonné, dans les bas quartiers de la ville. Qu'importe, puisqu'elle s'en allait planer pure et haute. Pour toutes ces traverses de sa vie, Paul Verlaine aura non seulement la gloire, mais encore sa légende, et la légende c'est la forme la plus durable de la gloire.

V

CHARLES CROS

Il est mort pour avoir aimé
La petite Rose de Mai.
Les filles ne sont pas franches.

Ces vers-là, ceux de l'*Archet*, ceux au rythme profond et lourd de la *Tribu en marche*, Charles Cros les disait aux Hydropathes, au Chat-Noir, d'un ton sec, d'une voix trop nette. A chaque rime, une légère secousse de la tête et de la tignasse crépue partagée par une ligne médiane. Quand on le priait et qu'il acceptait de dire ses vers humoristiques, les yeux s'éclairaient de malice sur une moue d'enfant boudeur; il lançait comme une flèche le trait final d'un dizain à la Coppée, scandait son petit hymne réaliste aux joies de la famille:

L'enfant tape
Sur un vieux clavecin de Pape

soulevé de révolte et de joie intérieure, vengeresse. Il immolait le philistin sur l'autel de sa pensée, mais tout cela demeurait intérieur. Un léger gonflement des joues, une brève pyrrhique des rides du front accompagnant un menu sourire aigu au plissement triangulaire, la lèvre supérieure en auvent ; c'était tout.

La voix était immobile, en bois sec. Il semblait, aussi, en murmurant ses vers humoristiques, exposer un théorème. C'est peut-être pour cela que parmi tant de milieux mêlés, mais surtout littéraires, qu'il traversa, les vers à la bouche, il ne fut jamais le premier, le plus admiré, et que d'autres occupèrent le devant du tréteau, qui extériorisaient davantage leur poésie, y mettant moins de distinction, de pudeur, de personnalité, mais un organe plus généreux et plus de mise en scène. Rollinat, Goudeau, d'autres encore. De plus, il répugnait à tout cabotinage et il était complexe. Ses camarades de route ne l'admiraient que par facettes. Ses poèmes n'eussent point commandé l'attention s'il n'y avait joint ses humorismes.

« Charles Cros s'est fait connaître comme auteur de monologues, ils ont paru en 1883. » Voilà en tout et pour tout ce que lui accorde la Grande Encyclopédie. Il y a d'abord un renseignement bibliographique inexact, car les monologues de Cros n'ont jamais été réunis. Quelques-uns ont été tirés à part, dont la célèbre *Obsession*. Les autres sont épars dans vingt volumes de *Saynètes et monologues*, et du *Théâtre à la campagne*. Cros réduit au monologue! Et la découverte du phonographe, et la photographie en couleurs, et le *Coffret de Santal*, et le *Collier de Griffes*, et l'*Analyse de l'Amour!* Charles Cros était complexe; il possédait mille aptitudes, il avait lyriquement et scientifiquement des idées de poète. C'est par complexité qu'il manquait d'esprit de suite. Certes, l'incontestable priorité de date de son invention du phonographe eût été incontestée si, au lieu d'envoyer un mémoire à l'Académie, il se fût hâté de trouver un bailleur de fonds. Si, au moment où il tira des épreuves de photographies en couleur, avant qui que ce soit, mécontent de la transcription des jaunes qui venaient moins bien que les autres tons, il se fût attaché à vaincre cette difficulté, s'il eût industrialisé sa trouvaille au lieu d'égarer parfois des pièces de ses appareils, il eût connu la grosse gloire et la fortune, mais il était sans cesse aux trousses de l'idée qui passe. Il combinait d'être laborieux et indolent. Il n'aimait point être coudoyé dans la course à l'argent et comme il en manquait, il fallait en trouver. Un grain de mil l'apaisait. Il trouvait ce grain de mil en écrivant un monologue, et il avait un interprète qui lui en demandait, qui n'était autre que Coquelin Cadet, qui touchait force cachets, et l'éditeur en vendait congrument. Cros avait touché cent francs; cela le contentait. Il ne cherchait pas plus loin.

Or, ce monologue (si galvaudé qu'ait été le genre) était au début une trouvaille, et littéraire, et bien dans le goût de ce pur classique qu'était Charles Cros, dans une gamme de condensation, de sublimé. Cela supprimait tout accessoire, tout décor, tout personnage corollaire. Il fallait faire tenir une comédie, une farce en cent-cinquante lignes, une seule voix posant le décor, figurant les comparses et développant le sujet. C'était réaliser à côté du Théâtre et sous une forme littéraire ce que l'instinct populaire cherchait au café-concert: de l'essence de fantaisie brièvement présentée. Tous les poètes contemporains de Cros accordèrent leur attention au café-concert, et Mallarmé parla de la mise en milieu brusque et nette qu'y trouvaient les comiques populaires. Cros, comme en toute matière littéraire ou scientifique, ne se borna pas complètement à rêver. Il réalisa, comme il en avait coutume, totalement, jusqu'à la pratique, jusqu'à la mise en œuvre. Il écrivit, paroles et musique, deux chansons de café-concert dont l'une fondait son comique sur un jeu de rimes qui s'arrêtait alternativement sur les trois syllabes du mot *Paquita.* C'est de cet effet que se servit fructueusement le poète moins connu et moins classique de l'*Amant d'Amanda*. Cros ne réclama pas. Le grain de mil lui avait suffi, et puis ne fallait-il pas songer sérieusement à la photographie des couleurs, au moins ce jour-là ? D'ailleurs, avec son aspect extrêmement méridional, les yeux clairs, bleu clair, dans le teint basané, la tignasse crépue, le mouvement alerte, l'extraordinaire diversité d'esprit, la mobilité d'esprit aussi, il est imprégné de rêverie nordique, d'indifférence philosophique et matérielle quasi-slave et bien avant qu'ayant fondé un petit groupe littéraire, issu des Hydropathes, il l'ait appelé les Zutistes, rien ne le préoccupa jamais à fond, si ce n'est le désir de créer des idées et de les exprimer vite. De temps en temps, une mélancolie issue du contraste de sa vie et de la magnificence de ses débuts..., un retour sur le passé..., mais c'était l'heure d'aller au Chat-Noir..., il oubliait et se rendait de la rue de Rennes au boulevard Rochechouart ou à la rue de Laval, avec une lanterne magique devant les yeux où il admirait toutes les images de son avenir. Il s'asseyait avec les camarades ; il n'y pensait plus. Il redevenait un simple humoriste, tombait de l'Olympe à la baraque de Tabarin ; il n'en souffrait pas. Au fond, il y avait là de la jeunesse, de la verve, du bruit, parfois spirituel. C'était depuis longtemps ce qu'il cherchait âprement de l'aube à l'aube au quartier Latin d'abord, à Montmartre ensuite. S'il rencontrait en cours de route un camarade, sa joie était de l'emmener, de causer, de parler de tout, d'art, de science, de poésie, sachant tout, ayant tout lu et ne racontant presque jamais d'anecdotes, brillant, paradoxal, parfois un peu bredouillant, souvent nostalgique, sans amertume.

***

Et pourtant quels brillants débuts !

On contait cette histoire sur la famille Cros, au temps de la jeunesse de Cros, quand sa famille habitait Narbonne. Le père et les frères de Cros, Henry, Antoine sont réunis à la table du déjeuner. Charles est en retard. On ne s'en étonne pas... Quelque randonnée, à la campagne, de ce grand distrait... On commence sans lui. Charles arrive radieux. « Père, j'ai trouvé le moyen de guérir les hommes de la mort ! oui ! ce matin !... — Charles, ne fais pas cela, s'écrie le père, les hommes seraient trop malheureux ! » Pas un instant le père n'avait mis en doute l'efficacité ni la réalité de la trouvaille de son fils. Si l'anecdote est chimérique, elle a la valeur d'un symbole. Personne dans l'entourage de Charles Cros jeune n'admettait qu'une découverte quelconque lui fût impossible. Il avait des aspects du génie. Quand il arriva à Paris, tous lui firent fête et lui prédirent la gloire.

C'était l'instant où tout le Parnasse se rencontrait avec la bohème chez Nina de Villard, et il y eut d'abord plus de Parnasse que de bohème. Nina libre, indépendante, riche même, généreuse, curieuse, passionnée, s'éprit de ce jeune homme si différent d'aspect, de ton, de parole, de verve et d'inspiration. Elle en goûta l'humour ensoleillé, la fantaisie multiple et précise, la certitude et cette universalité pour laquelle le vocable de Picdelamirandolisme fut créé par un confrère à la fois bienveillant et un peu jaloux. Etre choisi par Nina jusqu'alors hésitante, c'était gagner la fève à ce grand festin de rois qui durait toute l'année chez Nina, somptueux aux belles années, maigre aux années moins bonnes qui suivirent, encore que plantureux en soi, mais le nombre des convives allait grossissant. C'était une manière de gloire venant auréoler le jeune poète; c'était un titre à l'admiration et aussi à l'envie, et Cros fut envié, un peu battu en brèche et aussi, et c'était le pis, très absorbé par cet amour qui le charmait, car Nina avait des lettres, le goût de l'art, des aptitudes musicales et notait, dans le style du temps, en vagues rythmes de poèmes en prose, quelques impressions passables. Cette victoire fut pour Cros une victoire cruelle qu'il dut assurer, regagner, si bien que son amour-propre s'irrita, que son amour se lassa, se brisa, mais non sans que son cœur ne s'en ensanglantât.

Il est mort pour avoir aimé
La petite Rose de Mai.

Il n'en mourut pas, mais il y eut fêlure. Il voulut s'en distraire et ses longues distractions lui donnèrent sans doute l'habitude de ce noctambulisme qui le tenait éloigné de la table de travail. Il aima la flânerie et le bruit littéraire, le heurt des facondes et des projets et des épigrammes autant que la science et la poésie, et c'était déjà trop que d'aimer d'un amour égal la science et la poésie.

Car si Charles Cros savant fut dirigé par des idées de poète, l'habitude des sciences nuisit en lui à l'expansion de sa poésie. De ses facultés de raisonneur, de résumateur, il garda dans le style lyrique une excessive sobriété. La volonté de ne dire que ce qu'il faut dire dégénéra en sécheresse ; il se refusa des développements utiles. Il exposa, il ne chanta pas. se refusa au grand lyrisme et pourtant ses plus beaux poèmes, l'*Orgue*, l'*Archet*, sont des chants aussi beaux que les plus ardents qu'on ait pu entendre. Il apportait des éléments de réaction contre l'exotisme parnassien, contre certaine sensiblerie qui s'alliait à de l'archaïsme; il cherchait à la poésie une sonorité plus franche, toute nette, toute personnelle. Il alla un peu trop loin; il se dessécha, il s'abrégea et après avoir prouvé qu'il était un grand poète, il en demeura là. Le *Collier de Griffes* n'est pas indigne du *Coffret de Santal*, mais ne contient pas de pièces aussi décisives que l'*Orgue* ou l'*Archet*. Pourquoi ? Sans doute ne faisait-il plus de vers assez souvent, et laissait-il passer les meilleures des minutes heureuses. Et puis il était distrait, découragé, nostalgique et trop supérieur à tout. Il cherchait à s'entendre rire dans un milieu de fêtes, il n'y réussissait pas souvent. Il mourut prématurément au milieu d'un bruit de gloire, qui n'était pas celle qu'il méritait et dédaigneux de la formuler plus exacte. Indifférence? Regret de ne pas l'avoir fait plus tôt? Découragement? Il n'écrivait guère plus, ne répondait pas aux demandes d'articles, ou s'il promettait ne se souciait pas de tenir; le grain de mil ne l'attirait plus. Il s'échappait en rêveries, en brèves fantaisies, en mots amusants et précis, avec un sourire las et vieilli, un sourire de renoncement. Rien ne l'intéressait plus. Encore avait-il, je crois, pleine conscience d'avoir été un admirable poète, un temps, un temps qu'il avait abrégé... par indifférence certainement, manque de loisir, longues courses, si agréables à susciter la rêvasserie, délassement dangereux d'un esprit si précis... Correspondre avec Mars ? Sans doute. Mais les vers ? Le plus pressé, c'est de correspondre avec Mars !... Anticipation, rêverie !

VI

PROPOS AVEC HENRY BECQUE

Henry Becque, le bon sanglier ! Sanglier très parisien, flâneur et même badaud de Paris, familier du Guignol où tous les polichinelles sont intimes avec tous les commissaires, mélancolique observateur de microcosmes savamment et naïvement généralisés, expéditif et nonchalant, flâneur tout à coup pressé, ardent, incisif ! Un de ses ennemis a dit : « Becque se met en manches de chemise pour faire des mots cruels. » Boutade qui se défend. Becque est vraisemblable en cette posture de bucheur-bûcheron. Il a abattu quelques bouleaux. Sa cognée a entaillé des chênes. On a prétendu que ses saillies étaient longuement élaborées ! Mais on n'enlève pas d'un seul coup de grattoir la peau de Marsyas. On n'arrive pas toujours d'inspiration à ces formules soudaines. Il pouvait lui plaire de sculpter le bois de la flèche et d'en nieller la pointe. La vengeance est un plat qui se mange froid ? Il le savourait chaud et froid, chaud en trouvant le trait, froid en le trempant dans le curare. Ses épigrammes relèvent de la forme traditionnelle, nuance Ponce-Ecouchard Lebrun. Elles ne sont pas définitives! en appellent les blessés! En est-il de définitives? Je crois bien qu'il polissait le corselet de ses guêpes au cours de ses promenades. Il admirait leur éclat à l'envol.

C'est un classique, dans ses pièces, ses épigrammes, ses poèmes, qu'il appréciait. Des velléités lyriques l'emmenaient souvent loin de Thalie. Il bridait Pégase. Il ne le montait pas. Il demeurait prosaïque. Il en souffrait, pas excessivement. Il eût volontiers blâmé là-dessus les autres. Il me dit un jour : « Vous, les symbolistes, vous avez un tort, vous avez tué l'éloquence. » Il entendait la prosopopée, la tirade, la rhétorique. Il n'éveilla pas de remords en moi. La rhétorique s'épanouit en maigres longueurs, longueurs qu'il ne détestait pas. Mais ses poèmes, qu'il chérissait, il ne les réunit jamais. Timidité dans la tendresse ! D'ailleurs pas du tout *m'as-tu-lu*. Il ne colportait pas ses épigrammes; les autres s'en chargeaient !

On a dit que son *moi* était hypertrophié parce que ses articles en viennent souvent à malmener ses adversaires. C'était de la critique défensive. Coup pour coup. Ses adversaires, c'étaient les personnes qui s'opposaient à la représentation de ses pièces et ceux qui pouvant les faire monter défaillaient à ce devoir, tel Jules Claretie. Il taillait cet homme aimable en monstre. Il lui reprochait d'avoir été adjudant-major de la garde nationale pendant la guerre. Ce grade lui paraissait dépourvu d'envergure. Il avait fini par s'en persuader.

Il avouait travailler difficilement. Question de nature. Aussi les idées de détail se pressaient en lui, et il n'aimait pas lâcher le propos sans lui avoir donné son accent complet. Il était calme sur un cheval fougueux. Alors il en descendait et comptait le chemin parcouru. Perte de temps. Il était supérieur à la vie, soucieux d'élégance personnelle et très peu de confort.

J'eus l'occasion, un jour, de lui faire visite pour lui demander quelques pages pour une revue que je dirigeais, la *Société Nouvelle*. L'anarchisme lui en plaisait. Il habitait en ce temps rue de Lille, escaliers vastes, escarpés, hautes pièces claires, à boiseries couleur de noyer, vides. La plus meublée : une petite table à écrire, quelques chaises, une malle. Il m'offre une chaise, en osier, si mes souvenirs sont exacts, chaise de jardin. Il s'assied sur la malle. Elle est pleine de manuscrits, me confie-t-il. Il ajoute que cet appartement n'est à lui que provisoirement. C'est une dépendance de la Légion d'honneur où son frère est quelque chose aux bureaux de la chancellerie. Il ne tient pas à me donner de vers. Il n'en a pas de récents. Il sent, d'ailleurs, que ses vers ne m'intéressent que comme une de ses particularités. Il ne convient pas à sa fierté d'en accorder dans ces conditions. Il préfère en paraître démuni. Des scènes de pièce? Il n'aime pas les décadrer. Un article? Il passe la main sur son front solide et dans les cheveux hérissés. Il prend le numéro de la revue sur la table, regarde le le sommaire... Kropotkine, Merlino, Colajanni. Il semble estimer que sa révolte n'est pas du même ordre. Pourtant ça le tente, « mais vos lecteurs ça ne les intéresse pas les mésaventures d'un auteur dramatique! » Je lui fais remarquer que les siennes pourraient revendiquer d'être d'intérêt général. Il est une forte individualité! Il en tombe d'accord. L'incarnation d'un système!... Non, certes, ce n'est pas la nuance... Il fait des pièces, le mieux qu'il peut: voilà tout.

Je le trouve très homme de théâtre. Il fait cas du carcassier. Il faut savoir conduire une pièce. Grenet-Dancourt le sait. Nombre de poètes et de romanciers de valeur n'ont pas ce mérite. Il peut les admirer, cela ne le concerne point. Il fait ses pièces, il est individuel. Pas chef d'école. Les jeunes gens qui se réclament de lui (il nie qu'il y en ait pour en convenir assez rapidement) ne l'intéresseront que s'ils ont du talent. Il n'aime pas les Médanais : les Médanais c'est Hennique qui a donné la *Mort du duc d'Enghien*, *l'Argent d'autrui*, *les Deux Patries*, et Céard qui a fait jouer les *Résignés* chez Antoine. Il n'en allègue pas de grandes raisons. C'est une déclaration de principes, cela implique : « Vous. si vous êtes un homme de goût, vous n'aimez pas les Médanais. Ce serait inconciliable avec de l'admiration pour mes pièces. » Que leur reproche-t-il au fond ? Il ne les trouve pas assez scéniques ? Ce doit être cela, car quelques jours après, je le retrouve au théâtre. On joue du Strindberg. Il me dit : « Ça, c'est bien, ça mord ! » et la main a un geste de cisaille qui se referme. Je comprends bien ce qu'il demande au théâtre. En surplus de la vérité, l'émotion et l'éveil de l'intérêt chez l'auditeur sont nécessaires. La pièce littéraire sans puissance de capter l'intérêt scénique, ça lui paraît autre chose, un livre. Momentanément, vis-à-vis de quelques jeunes groupes, il retarde. Il le constaterait sans aigreur, avec un soupir, mais il est tout d'une pièce. C'est un de ses motifs de fierté.

Je lui reparle de l'article promis. Un geste de lassitude. En somme il n'est pas un articlier. Il faudrait que quelqu'un le brimât... Alors l'article jaillirait. .Il n'a pas de difficultés en train. Il me parle de confrères. Il lit peu. Les titres, les tendances l'intéressent. Il jugerait volontiers un livre sur quelques phrases. Des gros bouquins, des revues épaisses, c'est bien de l'encombrement ! Quand on n'a qu'une malle ! Il se voile de la fumée d'un brevas (ses cigares ordinaires). Il aime qu'ils se succèdent à ses lèvres. Qu'est-ce qui passe dans les volutes de la fumée : des mots cruels, des scènes de tragi-comédie? plutôt des vers. Je le vois plus profond que spacieux; c'est un opiniâtre surtout. Sa vision du monde me semble plus désenchantée que celle qu'il exprime au théâtre, non sans âpreté pourtant. L'auteur dramatique est contraint de se montrer possibiliste Quelque cran qu'on ait, tout ne passe pas et il faut passer. Il n'est pas anecdotique; il frappe en médailles des contrastes qui pourraient passer pour des idées générales. Une réunion de jury d'honneur doit avoir lieu... Ses membres sont inquiétés pour escroquerie. Les divergences de la vérité et du masque social, voilà qui l'intéresse au plus haut point.

Sans en manifester de fierté, il est certain de la solidité de ses personnages. Nul ne présente aussi sobrement et d'un tel relief. A ce seul titre *les Corbeaux* sont admirables. Il n'est pas arrivé du premier coup à ce modelé.

Michel Pauper est bien moins serré. Il a dû beaucoup réfléchir entre *Michel Pauper* et *les Corbeaux*. Il s'est résumé. C'est sa manière. Au début, il a compris le théâtre dans une acception moins haute, plus générale. Il a écrit le livret de *Sardanapale* pour Joncières. Il ne se conçoit plus travaillant pour les musiciens.

Il a voulu faire de l'art dramatique un art plein, logique, sans phraséologie diffuse. Il frappe des répliques. La poésie au théâtre c'est la sobriété du langage qu'il veut clair, élégant, véridique, simple. Et il est bouillonnant! Il s'est reforgé. Si ses pièces avaient été jouées à temps et avec succès, peut-être n'eût-il jamais taillé d'épigrammes littéraires, car il ne raille pas le confrère dans la conversation. Peu de fusées dans ses propos, plutôt un ton ironique, pas désobligeant, acerbe plus par l'intonation que par le sens. Il lance la flèche en inclinant un peu la tête, paupières légèrement baissées, puis relève le front, les yeux candides, voir si le mot a porté, à la cible que vous lui offrez, vous, qu'il veut conquérir.

Il passe un jour au boulevard, me voit à la terrasse du Pousset, s'arrête, s'assied. J'y ai été hélé moi-même par un confrère, un vague confrère, un vague camarade qui travaille comme moi sur un radeau de la Méduse :

l'*Evénement*. A peine sais-je son nom. Je présente vaguement le vague camarade. Mais je sais que cet inconnu a une marotte. Il aime déclarer qu'aucun artiste n'a de talent, mais, ce n'est pas la faute des artistes, c'est celle de leur temps. On a du talent aux belles époques, « Louis quatorziènne par exemple... » Je déclanche mon bonhomme. Il explique et voici Becque pendant cinq minutes radieux, paternel. Il savoure la cocasserie des propos, puis : « M'accompagnez-vous un moment, je vais jusqu'au Vaudeville... » C'est sans doute pour de vains pourparlers! « Etonnant, ce jeune homme, étonnant ! Il n'est pas le seul de son avis ! L'individu ! quand comprendra-t-on qu'il n'y a que des individus ? »

VII

ÉMILE BERGERAT

Emile Bergerat, dans l'entresol de la *Vie Moderne* (boulevard des Italiens et passage des Princes), agitait une chevelure drue et bouclée, couleur d'Erèbe. Le monocle scintillait des feux du regard. « Ça va, me dit-il, c'est dans la note. Faites-m'en une série... *La Province à Paris...* Ah! qui nous illustrera ça... On en reparlera ! Revenez. »

Ce jour-là on arrivait à Bergerat entre deux haies de chefs-d'œuvre. Au rez-de-chaussée de la *Vie Moderne*, les plus beaux Claude Monet d'alors étaient exposés. Il y avait l'extraordinaire *Dégel* et *Vétheuil* dans la brume, et des Seines éclatantes de barques pavoisées. Cette *Vie Moderne* sentait l'aurore. C'était emporté par le triomphe de Zola et le succès de la librairie Charpentier. Les jeunes y découpaient pour les accrocher à leurs murs les portraits de Théophile Gautier et de Gustave Flaubert, de Liphart. Cela devait être hardi, éclectique, spirituel, avant-gardiste et très parisien. Belle aurore qui s'embruma dès la matinée, un déjeuner de soleil, le petit déjeuner de huit heures !

Mon article ne passait pas. Je revins. C'était moins beau ! A la place de l'étincellement de Monet, d'honnêtes tableaux de Brunet-Houart, de braves bateaux bien tranquilles sur des grèves du Midi, ou aux quais de la vieille Darse, à Marseille. Bergerat n'y était pas ou était en conseil ! Peut-être me cherchait-il sans relâche l'illustrateur ! Je ne revins pas, malgré les objurgations de mon ami Ernest Lavigne, très lié avec Bergerat et qui m'avait adressé à lui.

Ernest Lavigne est plus qu'oublié, on ne l'a pas connu, malgré ses vers, ses romans, ses essais dramatiques et beaucoup de travaux de journalisme. Il était d'origine normalienne. Il avait, après de beaux concours généraux, si brillamment réussi à l'Ecole normale, qu'il en était devenu le directeur, au bout d'une première année d'études. Seulement, c'était sous la Commune et il tenait sa commission de Raoul Rigault et autres amis du Quartier Latin. Ainsi Raoul Pugno, imberbe, avait été quelques jours directeur de l'Opéra. L'éditeur Georges Charpentier, qui aimait comme un frère Lavigne, qui lui ressemblait comme une rime à consonne d'appui, le munit de linge, d'argent (dix-huit cents francs) et tandis que l'armée réoccupait la rue d'Ulm, Lavigne allait trouver un préceptorat en Russie.

Le temps et les relations apaisèrent assez vite son affaire. La sanction demeura qu'il avait été écarté de l'Ecole. Lavigne entra dans l'enseignement libre.

Les potaches de la pension Massin qui menait au lycée Charlemagne une bande hirsute de piocheurs s'enorgueillissaient de deux de leurs *colleurs*. Les colleurs étaient des gens qui dès six heures un quart du matin ouvraient les portes des études, criaient leur nom et aussitôt suivis des jeunes élèves soumis à leur spécialité, professaient sur diverses matières en de petits locaux poussiéreux (six heures un quart, hiver comme été, ce n'était pas un métier d'amateur). Deux de ces colleurs de Massin étaient Lavigne et Moulin, ce sculpteur dont on admira au Luxembourg, ce petit pâtre de bronze, nu, la bêche sur l'épaule, dansant de joie d'avoir déterré une statuette antique. Moulin était un beau sculpteur. Mais il avait été de la Commune. La manne des commandes d'État demeurait hors de sa portée. D'ailleurs il ne faisait pas le godiveau. La sculpture ne rendant pas, il donnait des leçons d'allemand. Il mourut à la peine.

Ni Lavigne, colleur de philosophie, ni Moulin ne croyaient qu'à cette heure matinale, leur devoir était de fatiguer leurs élèves. On causait d'art et de littérature (admirables et utiles minutes anté-scolaires), Lavigne nous parlait des poètes nouveaux, de ses amis, et il nous exaltait la verve et la subtilité d'Emile Bergerat. Bientôt Emile Bergerat devrait aux *Traqueurs d'os* la grande célébrité.

Bergerat, de fond régulier, marié de bonne heure, ne traînait pas dans les cénacles, ou plutôt il n'était pas d'un cénacle, fréquentant toutes les bandes, heureux chez Hugo, enchanté chez Lemerre, aux thés de l'Homme qui bêche, content à la Pomme, groupe normand et fêté à la Cigale par les gens du Midi. Il me semble qu'il faisait tout de même un moment groupe, en excursion de rive gauche, et vers les années soixante-treize et quatorze, avec, entre autres, Albert Delpit, Paul Arène, Lavigne, Tallien et Masset, de l'Odéon, etc... Et il préparait et il parlait dans ce milieu des *Traqueurs d'os,* et on en répétait quelques traits.

C'eût été un grand roman. Peut-être en conserva-t-il traces écrites? L'écrivit-il? Peut-être ce ne fut-il que parlé.

Qu'était l'*Os ?*

Ce qu'il a toujours été, ce qu'il est encore, le ressort du monde. L'Os, c'était l'argent, la matière d'échange. Quand naquit cette expression argotique ? On ne sait jamais,

mais elle dura au moins jusqu'en 1880, s'appliquant à la fortune héréditaire, comme aux émoluments.

Il y avait d'un côté l'Idéal ; de l'autre, l'Os, contradictoires. Bergerat devait dans son roman mettre en action et montrer les mille et une façons de gagner un peu d'argent, que l'invention des bohèmes pouvait improviser. Cela pouvait relever de la *Vie de Bohème* de Murger. Mais le mécanisme était changé. Ce mécanisme s'améliore sans relâche. Comparés aux moyens des bohèmes d'aujourd'hui, ceux de Schaunard et de Rodolphe sont ce qu'est la voiture à bras à la plus puissante automobile.

En ces années 1874 ou 1875, où l'on parlait des *Traqueurs d'os,* au regard du charreton de Schaunard, les nouveaux bohèmes disposaient au moins du tilbury et du dog-car bien attelés. Il y avait l'enseignement libre, le café-concert, le mot de la fin, les échos, la presse corporative, le journal de bourse, le catalogue d'art, sans compter tout le reste et l'inédit, la trouvaille que suscite la nécessité. Il y avait aussi les moyens extra-littéraires, balzaciens, avouables, simplement ingénieux, ceux trop ingénieux, ceux qu'il faut flétrir, ceux dont on peut sourire et qu'on ne trouve bons que pour les autres. Il n'y avait sans doute pas que des écrivains dans les *Tra-*

queurs d'Os de Bergerat. Sans doute il décrivait autant que le lettré besogneux en quête du pain quotidien pour assurer la gloire du lendemain ou les bons tâcherons du reportage, toute la bohème inquiète d'affaires dont le nomadisme rencontrait au café celui des jeunes poètes épris de bruit et de lumière.

Certes, si ce livre avait été fait, la verve en eût été amusante et les petits portraits alertement dessinés. Mais Bergerat était tiraillé de tant de côtés. Il écrivait *Ange Bosani*, son premier four bien retentissant. Il chroniquait. Un trait qui demeure de sa physionomie de ce moment, à travers les propos de ses amis, c'était sa grande autorité morale. Tous le considéraient comme le parfait galant homme, et des cas de conscience embarrassants lui furent parfois soumis. Il décidait net, sans ambages. Le conseil était suivi ou les parties admettaient le verdict.

Il n'avait pas d'ennemis. Les petites polémiques de Quartier Latin l'épargnèrent toujours. Il courut vers 1878 ou 1879, au moment de la fondation des Hydropathes, comme un petit dictionnaire verbal des écrivains, quelque chose, comme avant la lettre, le petit Bottin des Lettres et des Arts de 1887. La définition d'Emile Bergerat était l'œuvre d'Emile Goudeau.

BERGERAT (VOIR CATULLE MENDÈS)
L'ART D'ÊTRE GENDRE

Celle de Catulle Mendès:

CATULLE MENDÈS (VOIR BERGERAT)
L'ART DE N'ÊTRE PAS GENDRE

Ce n'était pas bien méchant, c'était même admiratif pour Bergerat, semble-t-il, car Emile Goudeau avait un rêve, écrire une pièce en collaboration avec Bergerat et la signer les deux Emile. L'Emile Goudeau d'alors ne rêvait rien tant que d'être le Bergerat de la rive gauche. Tout de même, comme tout le monde, il faisait des réserves sur les vers de Bergerat.

∴

Cela fut le sort de ces vers très honnêtes, trop honnêtes, de ne contenter personne. Ils sont trop près de la prose, et pour ne pas se l'avouer, ils s'endimanchent de toutes les difficultés. Ça n'arrête pas de jongler avec des oranges artificielles. Ce qui est surprenant (et fait regretter ces impalpables *Traqueurs d'Os*) c'est qu'Emile Bergerat avec son sens extraordinaire de la vie de Paris, sa virtuosité exceptionnelle dans le style familier, n'ait pas été un grand romancier. Peut-être ne sortait-il pas assez de lui-même.

Ses chroniques, ses souvenirs, ses visions du boulevard, tout cela est excellent, parce qu'il s'y met lui-même en scène. C'est ce qui donna à sa chronique ce mouvement si vif et si particulier. Il aimait tant la littérature qu'il faisait de son jeu de métier, petits incidents ou grands évènements, de charmantes et brèves comédies.

« Qu'avez-vous donc, Bourget, vous êtes triste? dit Sarcey. — J'ai la vie, répond Bourget. — Voulez-vous une cigarette? » répond Sarcey. Ces rapides et sûrs coups d'œil sur les âmes nous réjouissaient et une admiration très sympathique entourait Caliban.

Ah! Porel fut un grand coupable! Mendès avait peut-être raison en disant qu'on n'écrit pas bien des choses qui vous passionnent trop. Bergerat consacra ses chroniques à se défendre contre Porel et même à incendier les tréteaux de l'adversaire. Il y mettait de l'acharnement, et sa force c'était sa bonne humeur, sa rondeur et ce qu'il y avait de bonté dans sa robuste causticité. Mais du jour où il eut écrasé Porel du néologisme *tripatouiller,* Bergerat compta moins. Il avait tiré sur la corde. Elle ne la porta plus.

VIII

NOTES SUR RODIN

On fait le tour d'une cour à prétention de jardin. Il y fleurit surtout des grenades, au mur, des grenades contre l'incendie. Le Vulcain d'ici a la phobie du feu. Mme Rodin gagne du temps, montre son poulailler et, à côté, dans une niche, une vieille guenon qui a dû être alerte et familière, et qui maintenant grignote, tassée, le ventre énorme et pelé, même plus grimacière. Mme Rodin veut gagner du temps, car Auguste est entre les mains du coiffeur; il s'agit d'obtenir sur le front majestueux, un pli des cheveux, pas coquet, mondain. Il y a des dames parmi les convives.

Autrement, quand on vient voir Rodin, et voir surtout sa sculpture, c'est toujours plus matinalement, et le coiffeur n'est pas appelé. Un chapeau de feutre qui a démissionné de ses élégances se cabosse sur le crâne et sied à la figure à fortes lignes, à volumes puissants et à la barbe fluviale. C'est, cette fois-ci, un printemps hypocrite, à giboulées, à fraîcheurs. Aussi Rodin se protège d'une épaisse houppelande, encore bouclée, quoique d'avant-hier pour le moins. On fait le tour de l'atelier-musée. Rodin parle du pouce, indique, avec des murmures qui semblent des ronchonnements, des onomatopées. De temps en temps trois mots clairement prononcés, il s'agit de préciser une date, de situer l'œuvre regardée, au moment exact où elle fut méditée, conçue, exécutée. Un petit arrêt mélancolique à la maquette du *Monument au Travail*... on y reviendra tout à l'heure. Il n'en est pas détaché... cela tient aux fibres... On arrive aux ébauches nouvelles. Rodin se recule, légèrement, il s'efface un peu, le visiteur est un peu plus son hôte. Rodin est plein de modestie fausse et d'émotion vraie : ce sont les petits derniers. On le croirait. En vérité ce ne sont que les petits avant-derniers ; il n'a plus retouché sa terre de quelque temps ! Ce sont des flexions de corps, des transcriptions d'idées poétiques. Rodin nous laisse admirer. « Comment pourrait-on appeler ça ? » C'est la consultation sur le titre, à laquelle sont soumis tour à tour tous les familiers. C'est un mouvement du modèle qui lui a donné ça ! C'est sorti dans un rythme admirable. Mais qu'est-ce que c'est ? Ce que c'est, il le sait, mais il cherche à quel ordre de notions reçues le rattacher. Un nu d'homme, ça ne demande-t-il pas une dénomination mythologique? Il incline à le croire, mais à quel demi-dieu ou héros rattacher, par exemple, ce vieillard implorant? Le visiteur suggère ce titre. Un petit crayon embusqué dans la main de Rodin jaillit. Un mot en traits minuscules va s'inscrire sur un point du socle, sur le plâtre, si l'ébauche a été moulée, à côté d'un autre, graffites successifs, peut-être amusants de diversité, d'une diversité qui ne fait pas sourire Rodin, car, à son avis, sa trouvaille de forme comporte assez de beauté générale pour subir toutes les hypothèses.

Pour les vrais petits derniers, il y a un atelier, isolé. Rodin, autour de sa maison, a acheté quelques masures qu'il a évidées de leurs cloisons. Il y en a une, près de ses antiques, sur la pente qui descend au chemin de fer. On y voit parfois des merveilles. Un jour, ce qu'il m'y montre ce sont des femmes, des torses féminins baignant dans des sortes de cuves rondes, des pilons posés dans des mortiers; je m'étonne; Rodin me montre un joli jeu d'ombres montant de la paroi du mortier jusqu'au ventre de la femme. « Si, je vous assure, il y a quelque chose à trouver dans cette voie. » Cette voie, il l'a abandonnée, comme d'autres voies, où le menait son inlassable recherche de lumière sur le modelé. Il ne s'obstinait pas dans les impasses, s'il s'y engageait quelquefois. Il se trompait avec ingéniosité et revenait au meilleur chemin.

Le *Monument au travail* est une de ces impasses. Rodin, qui a travaillé pour les autres et s'est dégagé, Rodin, qui pourrait être un apôtre de l'individualisme, car il est au premier chef une individualité, a conçu le rêve d'un orchestre de sculpteurs dirigé par sa baguette. Après l'isolement où l'a jeté l'Institut, ce serait magnifique qu'il apparût le général d'une armée d'artistes doués, des Bourdelle et des Despiau en tête ! Toute la sculpture libre collaborant avec lui à un monument ! C'est mieux que les palmes vertes! Ceci est trop humain pour qu'on songe à l'en blâmer.

D'un autre côté il reprend l'idée du maître d'œuvre, l'idée du chef-d'œuvre collectif, née de ce que les sculpteurs égyptiens ou médiévaux n'ont pas signé, non plus que les sculpteurs d'aujourd'hui ne signent maintenant aux Salons, et s'ils signent, c'est invisible ou mal écrit ou caché dans un détail confus. Le chef-d'œuvre collectif le hante C'est d'ailleurs un joli socle pour le maître-d'œuvre. Les sculpteurs se montrent rebelles. Les Rodiniers tiennent à la notion de leur individualité, même à son expansion. Rodin ronchonne. Le Monument reste à l'état de maquette d'un mètre vingt, pas assez détaillé pour offrir le moindre intérêt, quoi qu'en dise, à intervalles proches, chacun dans sa feuille, l'un ou l'autre de ses amis de presse.

Car il en a et de dévoués. La défense de Rodin méconnu continue un peu mécaniquement, maintenant qu'il a conquis la gloire. Il lui manque l'Institut... Mais il a annexé Falguière qui en est! Un tableau de Falguière est accroché, comme un trophée. Rodin le montre, n'insiste pas. Ce n'est qu'un pas dans sa carrière. A-t-il voulu l'Institut? Je crois qu'il ne l'a jamais su lui-même. Ce caractère qui s'est manifesté en posant à la porte de l'Exposition de 1900, dont il était exclu, un amas de chefs-d'œuvre se cabrait à l'idée de solliciter tant d'indignes suffrages.

Dans les minutes d'embourgeoisement, l'heure du coiffeur et des visites officielles, il rêve beaucoup plus: un hommage d'admiration universelle, adressé à l'immense labeur, à l'irréductibilité esthétique et au génie. Tout de même il songe aux palmes vertes, à des instants, parce que c'est le moyen d'obtenir, qu'on ait ou n'ait pas de génie, certaines commandes, et on verrait alors ce qu'il en pourrait tirer! Et puis l'orgueil se cabre plus haut contre ces gens qui l'ont accusé de mouler le modèle parce qu'eux se fiaient, pour la vie, la vérité, le frémissement de l'épiderme au praticien, et il n'y pense plus. Mais comme consolation, c'est peu d'avoir annexé Falguière, le seul d'entre eux qui soit vraiment un sculpteur, et ce ne serait pas trop de l'hommage que comporterait le monument collectif au Travail.

⁂

Un peintre me dit de lui : C'est Rembrandt ! Cela veut dire : c'est un bolide ; il apparaît exceptionnel ; rien ne l'annonce, rien ne lui ressemble. Il y a du vrai, sauf que Rude l'annonce parfaitement et qu'il a bien regardé Carpeaux.

Un sculpteur me dit : C'est Rembrandt ! Il veut dire que Rodin est un peintre, que le souci de la lumière sur le modelé est plus intense que celui du modelé lui-même. Cela implique que dans la lumière, pour ne pas vouloir se découper dans le détail, le monument de Rodin est moins lumineux qu'un monument d'ancienne technique. Il est difficile sur ce point de fixer la vérité, car les monuments sont en général mal placés et surtout ceux de Rodin.

Quand il fait les bourgeois de Calais, ce n'est pas précisément pour qu'on les mette devant la gare. Mais soit, accepté ! va pour la gare! Alors il désire que ses six bourgeois partent du sol. Ce sont des gens en marche! Alors prière de les placer dans la rue, nettement, en vrac raisonné, sur le trottoir. Pas de socle ou si peu que rien.

Pas de socle, naïf grand homme! Il y a aux Beaux-Arts une esthétique du socle. Il est très haut, sauf dans les jardins pour les personnifications de fleuves; sans doute leur socle doit-il paraître placé sur une berge; mais pour la statue ordinaire, le socle doit être plus haut que la statue, du double au moins. A peine a-t-on baissé sous Louis-Philippe! Concession pour empêcher 48. Le Second Empire a repris, et de façon cassante, le socle très haut. On ne comprend pas Rodin!

Il transige... Il accepte un demi-socle. Il ne s'en console pas tout à fait. S'il avait été de l'Institut, il aurait dit « pas de socle », c'était un succès! « quelle originalité! » Alors il ne sait pas s'il doit se consoler d'être le grand banni des commandes en marbre ou en staff.

Si l'on parle à Rodin des nombreuses études qui ont été écrites sur lui, il s'en tire avec une sobre élégance, un peu désinvolte. Il ne loue, n'approuve, ni ne blâme. « Ce sont des profils », estime-t-il; à son sens aucun critique n'a fait le tour de sa personnalité. A-t-il tort? Sans doute, tous les écrivains qui l'ont abordé l'ont traité du point propre de leur mentalité qu'ils surajoutent à ce qu'ils aperçoivent de la sienne. De plus une étude complète sur un artiste complexe est peut-être encore un phénomène inconnu. L'artiste n'est pas bon modèle. Souvent il *pose*. Ses lectures et ses ambitions se mêlent à sa réalité. Il exagère des points ; il a oublié des minutes de sa pensée ; des pans de passé se sont écroulés dont les œuvres de ce temps-là ne lui ravivent qu'insuffisamment son caractère d'alors. Quand il est complexe comme Rodin, sa vérité d'un jour n'est pas toujours celle d'hier et sa sensibilité sera un peu différente demain. Il découvre en marchant ; il est en route ; un caillou l'arrête longuement. Tout à l'heure il n'y pense plus. Il y a des artistes qui sont ordonnés dès le début et jalonnent de leurs productions un chemin rectiligne, envisagé d'avance. D'autres doivent beaucoup au hasard.

Rodin doit au hasard, mais à un hasard très préparé. Quand il prend des notes (et c'est sa belle et innombrable série de dessins), il se peut qu'il demande au modèle de lui réaliser un geste entrevu par son imagination, mais ce sera peu fréquent. Le plus souvent, presque toujours, le modèle (modèle féminin) est libre. A lui de s'asseoir, de se relever, de se coucher, de se cambrer, de donner, au hasard de sa fantaisie ou de sa fatigue, un mouvement, une allure, une lassitude, et sur l'une des images qu'il fournit Rodin l'immobilise et le dessin jaillit presque instantané; parfois il ne l'arrête même pas, note, cursivement, car le mouvement rare qu'il cherche est une transition entre deux mouvements. La note prise est une victoire sur l'inconnu, non de la forme, mais de la pensée. Il n'est point de flexion du corps que l'esprit du peintre ou du sculpteur ne puisse imaginer, mais il faut que son imagination s'y arrête. Cet ensemble de dessins lui donne une encyclopédie complète des mouvements humains. Notes complètes? immédiatement utilisables? Non. A toutes ces indications, il manque la grande portée. L'immense carnet consulté s'éveillera devant le sens de l'artiste lorsqu'il y cherchera confirmation d'une idée, toute fraîchement jaillie. Aussi le mouvement élémentaire, la notation d'une allure physique peut éveiller une idée. « Tiens, ce serait le geste d'une désespérée, l'inclinaison du cou d'une pleureuse, l'indication d'un geste de muse. »

Si agile que soit le crayon ou le pinceau d'aquarelliste de Rodin, si impérieusement demande-t-il l'allure un peu exceptionnelle, tendue, curieuse, il n'y trouvera pas la ligne de ses statues. Ce n'est pas à la séance de dessins qu'il saisira ses chutes de corps, Muses ou Icares, dont il aime solidifier la légèreté paradoxale et l'aplomb inédit. C'est dans la glaise qu'il les cherche.

Quand il croit avoir trouvé, il fait mouler, recommence, fait de nouveau mouler Ce sont des approximations, qui le mèneront à sa formule définitive. Quand la gloire sera venue, toutes ces ébauches seront proposées comme des états, aussi intéressants que la réalisation définitive. Le stade du moulage, qui n'était qu'un tâtonnement, devient une date.

Dès le temps de la *Porte de l'Enfer*, Rodin commence à qualifier d'œuvres ses fragments, ses études. De par la verve, et la force (sinon la perfection) qu'il apporte à ses préparations, telles études de bras allongés, de mains crispées lui apparaissent constituer un tout qu'il vendra à l'amateur, dont il délivrera la photographie pour les articles illustrés qui paraissent sur lui. Il tient davantage à celles de ses études partielles qui lui paraissent réussies qu'à certaines des petites œuvres totalement réalisées.

Pour une monographie collective que publie sur lui *la Plume*, il me demande une page sur ses études de mains. « C'est du vrai Rodin », me dit-il. Il est content que j'accepte.

Avec le temps, surtout au moment des débuts de sa seconde manière, de sa recherche de lumière sur le modelé, il va de plus en plus vers l'étude partielle. Ce n'est point qu'il ne veuille pas se donner le temps d'ériger la figure complète. Il ne juge pas que cela soit nécessaire.

« Le morceau est beau en soi, l'étude du morceau légitime et profitable. » C'est plus sculpteur ; point n'est besoin de chercher une manière de sujet; on suit la nature, en la mâtant. Il y a bien un peu de sport, dans cette façon d'envoyer au Salon, toujours au dernier moment, pour centrer la rotonde, une étude d'un détail de corps, mais il y a aussi la conviction que c'est aussi beau, aussi complet. La lumière joue sur un torse, un bras, une jambe. C'est aussi intéressant que sur une figure.

Fait-il peu de cas de la beauté faciale, de la joliesse de la tête, de ses volumes? Il est heureux de faire le buste d'une belle femme, soit portrait, soit sujet d'œuvre. Il étudie le masque, l'inflexion du cou, il fait mouler. De son buste d'Italienne il y a des épreuves où la boître cranienne est supprimée. Il coupe au haut de front. Il a vu. Il a réfléchi, reprend un nouveau travail où cette étude de masque lui sert, il donne la tête entière, chevelue, avec plus de certitude. Il y a aussi la question du socle. Le socle doit-il être toujours la base du buste, un objet, différent en matière, du buste qui y sera fiché droit, avec de petites recherches de coquetterie dans les proportions de l'un et de l'autre? Il détache l'effigie du bloc; l'œuvre d'art se dégage mieux, si elle n'en est pas pleinement isolée, de la matière brute. Cela souligne son effort, et l'aspect créateur. Ce n'est plus un objet mobilier, et mettez cela si vous pouvez sur vos affreuses stèles, sur vos colonnettes ambitieusement laides, toujours banales. Voici un beau bloc de matière animée de génie. Ce n'est plus un socle, c'est un cadre, et quelle valeur prend la délicatesse de la tête sur la massivité de pierre dont elle n'est pas tout à fait délivrée. Les premières fois, l'effet fut grand.

∴

Il y a bien des recherches dans son esprit. Plus tard, vieux, craignant qu'on les ignore, il mandera un homme de lettres, se fera interviewer, résumer, commenter. Il faut que le monde connaisse l'étendue de sa pensée et recueille son conseil sur tout l'art.

Dans sa pleine maturité il se dépêche de sculpter, ne parle longuement que pour donner son avis, dans une question qui le préoccupe parce qu'elle lui paraît d'ordre général et pratique, et qu'il est temps d'intervenir.

Un de ses axiomes, qui est aussi l'expression d'un regret, revient fréquemment dans ses propos. « Personne ne sait plus son métier, le chaisier ne sait pas plus faire une chaise que les sculpteurs du Salon des Artistes français une statue. Il y a une décadence absolue de l'artisan. La conscience n'y est plus parce qu'il n'y a plus de science. Il n'y a plus de science parce qu'il n'y a plus de tradition. » Ce n'était pas ainsi autrefois, et Rodin regrette les corporations où l'artisan n'était agréé maître que s'il avait pu ouvrer le chef-d'œuvre. Rodin regrette le passé et tend vers la réaction.

Si vous lui faites observer que le signataire du chef-d'œuvre ouvrier n'en a pas toujours été l'artisan, mais souvent l'acquéreur, que les corporations avaient, dès longtemps avant leur suppression, cessé d'être ce qu'il pense, il hoche la tête; il semble dire que cela n'a pas d'importance, que cela ne touche pas aux principes, qu'il suffit qu'il y ait eu un beau moment des corporations, pour qu'elles méritent de ressusciter.

Si vous lui parlez des artistes de l'art décoratif qui dessinent des meubles ou des tasses ou des verres et qui les font exécuter par le technicien, un grand sourire rose égaie toute la figure. Des artistes! un bout de crayon! Allez donc conter cela à Rodin qui a été praticien, qui sait tout faire de son métier. Il déclarerait volontiers que ce qui l'intéresse dans cette affaire, c'est l'ouvrier souvent gêné par l'impraticité ou l'inélégance du dessin du décorateur. Sans doute un Bracquemond, peintre, graveur, donnant par le dessin son avis sur les formes des objets usuels, il l'admet : C'est exercer un droit d'artiste. Les purs et simples décorateurs ? Il les trouve prétentieux de se croire des artistes et leur conseillerait un apprentissage d'artisan

Il s'est fait une idée de l'ancien artisan, et de l'ancien imagier, beaucoup d'après lui-même, lui-même au moment de la création du *Saint Jean Baptiste*, des premières œuvres si consciencieusement, si dévotement étudiées dans les détails. Dans son amour des cathédrales, il admettrait l'existence d'un corps d'artisans merveilleux, tailleurs de pierre, pouvant, à la commande, s'éveiller à la sculpture.

L'objection, à lui présentée, que ces créateurs de statues sont des artistes qui n'ont pas pris soin de sauvegarder leur nom de l'oubli, la notion de la gloire personnelle, étant alors moins développée, ne lui déplaît pas. Mais il revient à son idée. Tout le monde faisait bien, parce que tout le monde savait son métier. Il ne tombe pas d'accord avec l'histoire et continuera à regarder le moyen âge au miroir de ses idées. Elles lui contaient une histoire merveilleuse dont on a enlevé tous les épisodes grotesques, sanglants, affligeants. La cathédrale lui a tout fait oublier, même un Rodin de vingt ans, ardent, violent, fougueux, amoureux non du moyen âge, mais de la Révolution, mais de la Commune, un Rodin d'antan dont il se souvient avec un sourire un peu ému, paterne et singulier, non sans douceur ni arrêts en rêverie, lorsqu'on lui parle de son admirable buste de Mme Rodin, et qu'il le regarde, la face à la fois fermée et éclairée, d'un œil qui fait songer à tous les atavismes paysans et à la finesse très probablement madrée de ses aïeux.

Pour les critiques de son époque, ceux qui purent assister à des moments de son développement, pour Mirbeau ou Geffroy ou moi-même, l'admiration de Rodin est un dogme et son exceptionnalité reconnue. C'est le grand sculpteur depuis Houdon. Il n'est point de sculpteur plus puissant et plus varié. Dans les générations suivantes, qui comptent de magnifiques talents, personne ne l'égale et ne donne sa franche impression de génie, ni sa certitude de complexité. Parmi les critiques et aussi les bons artistes de son temps, les uns préfèrent une statue, les autres un monument, les uns les petits poèmes d'amour et de volupté, les autres les grands efforts, les Ugolin, les Bourgeois, la Chute d'Icare, le Victor Hugo. Les moins enthousiastes sont ceux qui préfèrent les petits groupes ailés, sensuels, physiques dans leur séduction pourtant si résumée, et ceux-là même y constatent le jaillissement du génie.

Parmi les jeunes, quelques objections s'élèvent que je conçois, surtout chez les sculpteurs, que je conçois sans leur reconnaître de justesse, mais il faut admettre que des évocateurs qui cherchent le hiératisme, et une certaine concentration de l'expression acquise même au prix d'excessives abréviations, au prix de la vie, ne comprennent pas, *actuellement*, la beauté picturale d'expression qui empreint toute l'œuvre de Rodin. Quand ils auront dit ce qu'ils ont à dire, la polémique n'aura plus de place dans leurs opinions et ils reviendront à la pleine admiration. Leurs objections n'ont d'ailleurs jamais cessé d'être respectueuses. Ils songent à l'art éginétique, à l'art égyptien, et Rodin était grec, gothique et de haute qualité moderne. Ici une parenthèse et un souvenir. Au moment où écrivant sur lui, je le voyais plus fréquemment que de coutume, je lui avais parlé d'un goût que je professais pour le Bernin et l'avais trouvé très tiède pour ce bel artiste. Ce n'était point dans sa ligne de notions admises et caressées.

Dix ans se passent. Je rencontre Rodin à une exposition chez Georges Petit, exposition où il avait un admirable buste et, je crois, son

Baiser. Du plus loin, il me hèle, me fait asseoir sur le fauteuil rouge. « Ah! cher ami, que vous aviez raison, plus raison que vous ne le croyiez, ce Bernin! quel sculpteur!... » Il avait pris note dans son esprit de mon opinion, ou cela lui était revenu au cours de son voyage, ou il s'en souvenait subitement, une vieille case de sa mémoire s'éclairant soudainement. Il revenait de Rome, enthousiaste du Bernin. Il me fit en quelques minutes une admirable leçon sur le Bernin. Puis naturellement il me parle du roi d'Italie qu'il a vu, de la reine et du Pape. Il arborait le retroussis de cheveux sur le front et deux coups de fer ondulaient la barbe de fleuve. Mais en marge de cette mondanité, il avait pris soin d'engranger une notion nouvelle et c'était tout de même le Rodin des matinées d'antan, grand, simple, émouvant qui s'épanouissait.

Sa puissance d'évolution ne s'est jamais tassée. Il est des rares dont on peut dire qu'ils ont dominé l'art, n'étant réduit à l'obéissance envers aucune tradition. Dépassant la matière et les bornes admises de la sculpture, il écrivait des poèmes dans la glaise.

Parmi ceux qui se soustraient à son influence, elle ne perdit pas moins de tout ce qu'il leur a appris, à leur moment de formation. Cette influence n'a pas hanté que les sculpteurs. Elle a régné sur toute une arrivée de beaux peintres modernes. Sa recherche de modelé dans la lumière, son étude de volumes dans la clarté n'ont pas orienté moins que Cézanne, davantage, peut-être, les essais de construction du cubisme et tant d'efforts parallèles.

J'accorde très volontiers que dans l'aspect de ces efforts de construction, de synthèses de figures, l'influence de Bourdelle est également très visible, palpable souvent dans ce qu'on pourrait appeler le verbalisme de ces peintres. Mais Rodin est à la source.

Rodin a été influencé par la peinture. Il a aimé l'impressionnisme; il y a des points d'émulation entre un Monet et lui dans la fièvre de conquérir la vie lumineuse.

Modifié par la peinture et en ayant imprégné l'art sculptural, il a, par un retour des choses, par la communication de notions renouvelées, contribué à rénover l'art pictural en lui tendant des moyens de sculpteur.

Ainsi est-il si mêlé à la vie esthétique de notre temps, que ceux qui l'admirent le moins sont contraints d'y reconnaître sa présence. Historiquement, tous les bons sculpteurs du temps relèvent de lui, plus ou moins, entièrement ou pour une part. Etre Rodinier, c'était le contraire d'être un simple marbrier comme tant de prix de Rome. Il est un des plus grands parmi ceux qui ont dédaigné le conventionnel pour installer à sa place la vie et non seulement la vie physique, mais une vie poétique.

Penseur, il est à la fois restreint et profond. Ses généralités sont médiocres pour le moins. Il est admirable quand il parle d'art et s'il se trompe, la conviction de ses erreurs les imprègne de lyrisme. Au début, il parlait peu, pas assez. Après il a beaucoup parlé, peut-être trop. Il y était tellement convié! C'était un très grand homme... Quand il devint dieu, le paradis flotta un peu autour de lui, comme autour de tous les dieux. Si l'homme pouvait être dieu, les choses iraient mieux dans le monde. C'est beaucoup d'avoir été élu dieu par tous les groupes divisés de l'élite. C'est le moyen de faire entendre quelques vérités et, quand un artiste croit qu'il peut créer de l'omniscient et, de l'éternel, au moins donne-t-il du savant et du durable. Qui équivaut à Rodin, dans notre siècle d'art? Delacroix? Certes! Mais sur ce point de savoir s'il est le plus grand peintre du XIXe siècle, des gens vous diront: « Et Turner? », d'autres: « et Daumier ? » tandis que pour Rodin il n'est point de parallélisme; on ne place aucun grand sculpteur sur un pavois aussi haut porté par des admirateurs aussi nombreux. Il a été incontestablement, longtemps, le grand sculpteur vivant; il était de la chair lyrique et de l'esprit en flammes où l'artiste se sculpte lui-même sinon en dieu ou en demi-dieu, au moins en héros.

IX

ANATOLE FRANCE

Anatole France ne fit point fête au symbolisme et le symbolisme considéra Anatole France avec méfiance. Les griefs ? des deux côtés? Anatole France était surpris de tout ce que le symbolisme apportait de lyrisme, d'accent individuel, confidentiel et d'ambitions, en apparence opposées, d'art intégral. Essayer de noter la marche cursive des choses, le tumulte qui passe en même temps que l'essentiel qui doit demeurer lui semblait d'une émotion contradictoire. « Vous n'êtes pas cartésien ! » me disait-il un jour. Mon respect pour lui et le cartésianisme n'allait pas jusqu'à comprendre le cartésianisme comme lui et à m'y plaire autant que lui. Que j'eusse tort, c'est certain! mais est-il mauvais d'avoir un peu tort vis-à-vis des maîtres grisonnants tandis qu'on porte soi-même tignasse noire. Le symbolisme le dérangeait. Il s'était difficilement accoutumé à Mallarmé et à Verlaine. Il avait cru comprendre que le symbolisme découlait d'eux et voici que ce qu'il lisait était très différent. Il était dérouté. Jamais les choses ne s'étaient passées ainsi. Ce n'était pas pour l'étonner longtemps, mais il ne lui était pas agréable d'avoir été étonné. Le symbolisme lui avait été, avant qu'il y allât voir, esquissé à grands traits par Maurras qui n'y comprenait pas grand chose, juste assez pour y être hostile, y cherchant seulement ce qu'il pourrait y retrouver de classicisme. C'était du moindre intérêt. Mais France, que les idées n'effrayaient pas, était l'ennemi de tout simultanéisme. Il était successif. Nous rêvions d'ampleur complexe et soudaine. Mais comme il se souvenait que des poètes qu'il aimait avaient été convoyés d'injures à leurs débuts, charriés, pourrait-on dire, et qu'il avait lu de ses propres yeux des articles où l'on prétendait obscures et alambiquées ses *Noces Corinthiennes*, il était prudent dans ses jugements. Devant les œuvres du jeune symbolisme il tenait à la beauté inconnue et de quel ton digne, aimable et distant. On ne raille pas avec plus d'élégance, les gens de Papous. Ça ne nous allait pas ; il nous agaçait un peu.

C'était déjà un de nos griefs. Notre impatience avait tort. « Vous me dites qu'il est midi, prononçait Lintilhac, dont la finesse pour être paysanne n'était pas moins de la finesse. J'ai une montre, je vous dis, il est midi moins cinq ». On ne se fâche pas pour cinq minutes. Mais chez France on sentait bien qu'il nous eût dit: c'est à peine l'heure des matines. Nous pouvions y trouver à redire: la beauté inconnue c'est la beauté non reconnue. A la période des débuts on est susceptible. C'était d'ailleurs une marque de respect vis-à-vis d'Anatole France. Quand les chroniqueurs nous couvraient d'injures, cela nous faisait rire. Lui, on eût aimé le persuader. En somme il se réservait, âcre, pas excessivement dur. Il nous adressait des comparaisons mythologiques, mais pas avec Apollon, avec des petits demi-dieux de gloire incertaine.

Autre grief, sérieux. Anatole France donnait toutes les semaines au *Temps*, un article que nous lisions tous. Or ce reproche que l'on fit à Sainte-Beuve, à très juste titre, lorsqu'il paraissait un livre neuf et ardent, d'être attiré, comme par l'amour, vers une édition des lettres de Mme de Sévigné, de Mme de Créqui, de Mme d'Arbouville et toutes dames célèbres d'antan insensibles à ses neiges où brûlotait un petit feu tendre, Anatole France n'en était pas exempt. Agitait on des questions pour nous brûlantes, paraissait il un de nos livres de vers, Anatole France se souvenait avec délices de ce cher Prarond qui avait connu tant d'êtres d'élite, de Frédéric Plessis dont on ne disait pas tout le bien qu'il fallait, de tout ce que peuvent contenir une bibliothèque et un esprit bien meublé, et le livre de début, le livre qui pouvait donner lieu à un pronostic restait en carafe, plus exactement sur un coin de table. L'avait-il coupé? Nous n'en doutions pas. Nous manquions si totalement d'expérience.

Mais Anatole France qui tout de même aimait la jeunesse, voulut nous faire un cadeau. De même Zola, dans sa bonté, avait songé à faire aboutir nos balbutiements, et nous ayant parcouru et croyait-il, deviné, nous tendit un jour, réalisé à son gré, frais et tout gréé, un modèle de ce que nous voulions faire, le *Rêve*. Nous y admirâmes comment Zola revenait joliment à son point de départ, à ses délicates variations, sur la neige, à son Lamartinisme des dix-huit ans, mais n'y vîmes dans le miroir tendu qu'une émotion fine de sa robuste figure, reflétée.

Anatole France nous prit par le sentiment et nous donna dans le Lys Rouge, Choulette. Il avait aussi donné un Gestas. C'était très amical. Nous aimions beaucoup Verlaine. La munificence n'était toutefois ni assez personnelle, ni assez générale. Et puis si Verlaine était dépeint de façon à s'y plaire infiniment, sac de sparterie et oreilles de faune comprises, avec le don gracieux et flatteur, imaginaire d'ailleurs, comme un cadeau de djinn bienfaisant, de relations féminines aristocratiques, cela ne touchait en rien au cœur des choses. Une partie de la jeunesse ne désarmait pas. Plusieurs, parmi les nouveaux écrivains reprochaient abusivement à Anatole France de n'être point sectaire Ils n'avaient cure de sa sagesse. Ils l'eûssent voulu prophète, enthousiaste, exubérant. Il n'avait point cela à leur disposition, dans le mode qu'ils eussent souhaité.

Arrive l'affaire, l'affaire Dreyfus. Sur les bassesses politiques, les odieuses campagnes de presse, le prurit cupide vers les fortunes juives, le chantage, le mensonge clérical, l'hypocrisie, les louches campagnes d'intérêt, les déploiements de spadassins, l'émeute des brutes, sur les mouchards et les boyaudiers passa un souffle salubre venu des fonds de la conscience humaine et tous les hommes se trouvèrent groupés d'après leurs affinités intellectuelles. Toute l'élite contre tous les trublions. On vit bien que l'indignation d'Anatole France s'exprimait, aussi incisive que pas une, mais avec une parfaite mesure dans la forme. Il était du premier plan ; l'orme du Mail reposait des articles violents. Des adversaires de la veille firent des conférences sur lui, expliquèrent la beauté de son œuvre aux prolétaires, dans les petites salles des universités populaires.

Son amour du ton uni devenait admirable, puisqu'il énonçait de ce ton uni, ce qu'il fallait dire, en prêtant à la vérité générale ce ton de décision calme et sa parfaite mesure.

Il n'en sacrifia jamais rien. Il n'aimait pas les meetings. On le supplia de les fréquenter. Il s'y rendit et ses allocutions y furent toujours empreintes d'une lumineuse sagesse. L'éloquence des autres y était ordinairement véhémente. Quelquefois, après qu'il avait parlé d'un timbre un peu mat, dans le grand silence et qu'une ample acclamation l'avait soulevé plusieurs fois de sa chaise, remerciant et bienveillant, les anarchistes appelaient à la tribune Libertad, masque de comédien, tignasse de nègre, dont le moins qu'on veuille dire ici c'est qu'il était illettré et bredouillant ; et alors quel tonnerre d'acclamations ! Platon était brimé par quelqu'un qui était loin de valoir un Cléon. Caliban éclipsait Prospero. Mais n'en va-t-il pas souvent ainsi. Les anarchistes acclamaient Libertad parce que Libertad leur répétait d'une voix forte, leurs propos familiers.

***

Libertad était un écho. Beaucoup de gens bien supérieurs à lui, des gens glorieux ont été des échos. La vie politique accorde des primes aux échos sonores. Des femmes aiment des hommes pour la générosité de leurs idées ; ils ont puisé ces idées dans leur journal habituel, d'après des resucées de beaux livres.

Anatole France considérait comme une qualité primordiale de n'être point un écho. Il savait ce que l'histoire fait des faits et les hommes des vérités. Il était historien autant que romancier et plus que poète. Il n'était pas le seul qui prit ainsi à la lettre ce postulat que le roman c'est l'histoire des personnages qui ne deviennent pas historiques. Son horreur de la péripétie, de l'exploitation des nerfs du lecteur, de l'exaltation de la sentimentalité de la lectrice, qualités du meilleur aloi chez un romancier, mettent ses fictions au-dessus du roman réaliste. Il a continué la tradition stendahlienne du roman intellectuel, avec de l'ornement en plus. Quand il fait du roman avec de l'histoire il atteint à la pleine expression de son tempérament, exécute donc le chef d'œuvre. *Komm l'Atrébate* et *les Dieux ont soif*. Donc rien de surprenant à ce qu'il y ait dans son imagination bien de l'érudition.

C'est ce qu'essayait d'exprimer Brunetière, revêtant les plus subtiles coquetteries de son style, lorsqu'il menaçait Anatole France « de dire, un jour, ses grâces apprises ». Ah ! que vaut mieux la grâce apprise que l'absence de grâce! Anatole France, plus qu'un intuitif (ce qui n'empêche point chez lui une rare pénétration), était un homme érudit, humaniste et observateur. C'est sa qualité d'avoir apporté à la litérature des dons de moraliste et de savant. Il n'était point lyrique. Il le savait, se le pardonnait. Il ne condamnait pas le lyrisme chez les autres et l'excusait même chez les auteurs dramatiques, chez Shakespeare.

Peut-être était-ce à propos d'une de ces nombreuses chicanes dont les fantaisistes et, depuis Abel Lefranc, les philologues, tracassent la mémoire du comédien inspiré, du boucher de Starfford, du directeur auteur, du génial Shakespeare, ou à propos de ces pâles traductions en vers ou se perpétue l'aimable et bon Ducis quand on veut donner aux Français ou à l'Odéon de la tisane de Shakespeare? Le fait est qu'un matin, villa Saïd, Anatole France parla de Shakespeare. Il sortait d'une discussion courtoise et très amicale avec le bon Pierre de Bouchaud, sur Cimabué. Fut-ce une allusion à l'esprit des Primitifs, qui l'amena à Shakespeare? il partit de cette idée, pour constater la tenue personnelle, complète, homogène de l'œuvre de Shakespeare, que jamais les personnages de Shakespeare ne parlaient en une langue qui leur fût proprement attribuée par un auteur dramatique, mais la langue imagée d'un grand lyrique qui chante les mêmes harmonies à travers toutes les lèvres. Il concevait le génie anglo-saxon aussi bien que le génie Latin. Et aussi à travers tous les personnages évoqués par sa critique c'était un critique théoricien et personnel qui parlait et délimitait ses affinités avec des maîtres disparus. Ce n'en était que plus curieux.

⁂

Paul Arène me contait une anecdote sur Anatole France. Cela se perdait dans la nuit des temps. A peine Arène avait-il dit son fait au Parnasse, dans la *Gueuse Parfumée* (on ne peut dire de France qu'il fut foncièrement Parnassien et on pourrait le soutenir d'Arène poète), France, habitait sur la rive gauche. Arène aussi, mais France vers le quartier des livres, près des quais, Arène du côté des jardins, près du Luxembourg. Ce qui étonnait chez France jeune, beaucoup de poètes, alors jeunes, c'est sans doute que France, le soir, restait chez lui, avec ses bouquins, tandis qu'eux accomplissaient une de ces randonnées nocturnes de cafés à bistros, de bistros à tartines, de tartines à cabarets des halles ou cafés de gares, qui paraissent le soir même un peu vides, le lendemain fastidieuses et à distance charmantes. Or Paul Arène effectuait avec sa bande une de ces tournées des grands ducs ivres de lumière, lorsqu'il se trouva du côté de chez France Le don de description et le relief de l'accent d'Arène évoquaient un quartier noir et sombre, d'une fuliginosité multipliée par l'humour provençal, tout de même un de ces nocturnes parisiens dont nous n'avons plus l'idée qu'aux heures de panne d'électricité, un jour de grève d'autos. Le cortège d'Arène (sans doute le même que celui qui jeta au couvent une nuit de Carnaval, le marchand de marrons de la rue Saint-Placide), ce cortège arriva sous les vitres de France, le héla et comme France se mit à sa fenêtre, Arène exposa la requête du groupe. Il faisait nuit, on n'y voyait goutte. On venait demander à Anatole France de bien vouloir prêter un bougeoir avec une bougie dedans. France descendit, une bougie allumée à la main, accompagna quelque peu la bande, comme pour la guider en quelqu'obscur couloir (per angusta) et se retira en priant Arène de ne pas se soucier de lui rapporter le support de cette petite lumière. C'était un fort bel objet d'art, me dit Arène.

Désireux d'avoir l'autre version de la légende, je rappelai à France, cette anecdote, édition Arène. « Eh oui dit France c'était un très beau bougeoir florentin, mais pouvais-je, à une demande un peu saugrenue répondre autrement, qu'en mettant un peu d'art autour de la question. Au fond, ajouta-t-il, Paul Arène était un inquiet! »

Certes, si Paul Arène avait eu le goût de l'érudition, il eut préféré la claire lueur de sa lampe, au vacillement du bougeoir qui conduisit sa bande vers d'autres Edens habituels et sommaires, mais nous y eussions perdu ces inexactes et adorables visions d'un Paris chimérique, bohème et méridional où Paul Arène excellait, et dont il vît un soir les ombres danser sur les boutiques fermées au petit point lumineux de la bougie d'Anatole France.

X

ET LE CHER BAUDELAIRE AU GRAND CŒUR DOULOUREUX !

Le tout récent centenaire de Puvis de Chavannes (anniversaire de sa naissance) ramène sa gloire à la clarté de l'actualité. Elle apparaît sous les rayons froids du souvenir, fraîche et intacte. L'accueil de la postérité consolide les admirations de jadis.

Elles étaient vives, sincères et devant ce grand talent majestueux, parfois exubérantes. On peut allier l'exubérance à la concision. Cela m'advint à propos de lui. J'ai donné en 1886 un Salon, pas même manuscrit, verbal, d'une ligne: Salon de 1886. M. Puvis de Chavannes n'expose pas cette année. Ce fut un succès. Etait-ce le triomphe du paradoxe! A peine. Il n'y avait pas alors de bons peintres aux Artistes français. Maintenant on en compte une demi-douzaine. Tous les grands peintres exposaient ailleurs: Manet, Degas, Monet, Pissaro, Raffaelli, Guillaumin, Gauguin ; Cézanne n'exposait pas du tout. La sympathie admirative pour Puvis était de règle chez les grands impressionnistes. Le nouveau ban, Seurat, Signac, était déférent. Seurat disait bien à propos de la majesté picturale de Puvis, « Il y arrive par la chambre claire ». Allusion à un terme de fabrique picturale. Personne n'est sans défaut. Seurat n'insista pas. Les ordonnances de personnages de Puvis ne pouvaient d'ailleurs que lui plaire. Tout l'impressionnisme admettait, laudatif. Les autres groupes aussi. Puvis était le grand peintre qui nous divisait le moins. Probité, ambitions nobles, art neuf et délicat de l'harmonie! on ne le contestait plus. Pourtant, lorsqu'après avoir donné de beaux portraits, personnels, mais voisins et de Courbet, et de Manet, et de Ricard, aussi de Thomas Couture, Puvis appareilla vers l'histoire et la légende d'après l'art des enlumineux médiévaux, des primitifs et aussi de Chassériau, donc de Delacroix, atteignant des buts de souplesse et d'élégance devant lesquels Ingres était demeuré les bras un peu raides, quel chambard! Les Oies du Capitole avaient poussé de beaux cris au Palais de l'Industrie et Quai Conti. Un barbare, était venu qui équarrissait dans le bois blanc les rois et les saints, pour après les barbouiller de couleur pâle. Le cheval blanc de Charles Martel se fût empourpré s'il eût entendu les réflexions suggérées par son anatomie. Cela se tassa. Puvis était longévite. Des détracteurs moururent, des enthousiastes naquirent. Puvis devint incontestable, national. Il n'y eut plus de monuments que pour lui. Dès que les Beaux-Arts apercevaient un pan de mur nu, ils le réservaient à Puvis de Chavannes. Après avoir été brimé, il brima, mais avec tant de sérénité douce que personne ne le blâma. Les autres décorateurs acquiescèrent, désarmés. Chéret se contenta des palissades. Puvis fut paré d'un monopole tacite, mais réel, reconnu.

Or, vers 1900, à propos d'une promotion, d'un jubilé, l'idée fusa, à droite, à gauche, au centre, à l'Institut, au Napolitain, au café de Versailles, hanté de peintres déjà colons de Montparnasse et de Plaisance, dans les grands journaux et dans les petites revues, d'un banquet à Puvis de Chavannes. Un comité se forma des plus importants. Monet, Mirbeau, Geffroy, trente autres dont Catulle Mendès, dont Brunetière. Admirable concentration. Mathias Morhardt en était le zélé secrétaire. Ses convocations assignaient au menu fretin des organisateurs le sous-sol du café Riche comme point de rencontre. Caveau romantique. Conspirait-on? Oui.

Au nom de l'ordre et de l'unité.

La cérémonie devait être ordonnée comme une des fresques majestueuses ou plutôt des belles toiles bien marouflées du maître. C'est au nom de l'ordre, de l'unité, de la majesté qu'après une première réunion confuse, on arriva naturellement à extraire du comité une commission qui elle-même sembla obéir à un directoire occulte. Brunetière le dirigeait, voilé d'ombre et de secret.

Des ukases furent promulgués; avant d'être promulgués ils étaient murmurés. Ils persuadaient à mi-voix, au nom de la majesté On n'allait pas jeter dans ce lac tranquille, onduleux de cygnes magnifiques et silencieux qu'était Puvis, les pierrailles indisciplinées de discours divers. « Puis, admettez, que tous les admirateurs présents, capables de louer Puvis en paroles de timbre juste, veuillent exprimer leur enthousiasme... D'abord c'était Babel, puis le banquet devrait durer trois jours. Plus même, si après les poètes de Paris, les admirateurs étrangers s'empressaient de coasser à leur tour. Non, pour l'ordre et la majesté, un seul discours! Ça divise moins! Et de qui le discours?... De Brunetière! » Du coup, on fut divisé, cordialement divisé.

C'est Catulle Mendès qui donna l'éveil. Il avait su, parce qu'il s'était informé. Il s'était informé parce qu'il voulait parler. Il portait de l'admiration à Puvis. Catulle Mendès ayant tenté de tous les genres d'écriture, avait fait de la critique d'art, pas beaucoup, dans le lointain, en 1866, au Rappel de Vacquerie, donc d'Hugo. Il voulait raviver ce souvenir. Il était quasi mandaté par Hugo auprès de Puvis. Il est probable que si on avait limité le verbe laudatif à un discours de peintre, il s'en fût contenté. Mais que le discours unique fût de Brunetière, cela le frappait comme une provocation personnelle. Il n'était pas le seul. Il était légion. Il était la moitié du comité. Il était les trois quarts des adhérents. Alors! devant le grand peintre des héros et des dieux, des rois et des nymphes, devant l'évocateur lyrique, une seule petite cassolette allait brûler, ou fumer, un discours d'un critique littéraire que n'avait jamais charmé la peinture, ou qui du moins n'en avait jamais donné le témoignage écrit d'un article, d'un paragraphe? Brunetière ne pouvait pas parler en critique d'art. Alors, il allait planer, représenter la pensée générale? Aux plus modérés cela paraissait un peu raide, aux autres scandaleux. L'opposition s'organisa. Elle se rendit hérissée et chevelue au café Riche. Le sous-sol retentit de propos amers. Brunetière n'était pas là. Il était dans son nuage. Il polissait son discours (ordre, pureté, majesté) et ciselait des pointes contre les impressionnistes. Respect de l'art... Beauté classique... unité... Il disait son fait au modernisme.

L'artificieux comité occulte n'était représenté au sous-sol que par quelques délégués, peu nombreux, mais tenaces, parce qu'engagés et envoyés avec mandat impératif. Dans l'orage, ils firent valoir assez adroitement leur argument le plus spécieux : « Si vous ne limitez pas à un discours, comment ferez-vous puisqu'il y a au moins vingt personnes dont le droit strict serait de porter l'hommage à Puvis, et même si vingt personnes parlaient., combien ne ferez-vous pas de mécontents ? Vous gâterez d'acrimonie cette fête qui doit se passer dans l'ordre et la majesté... Allez, c'est Brunetière qui nous divise le moins. D'ailleurs c'est décidé ! »

— Par qui ?

— Si vous infirmez cette décision prise par quelques organisateurs, il faut tout recommencer, réunir l'ensemble épais d'un comité nombreux et la date nous presse. Le Continental est retenu !

— Mais, dit Catulle, de la voix très douce qui précédait chez lui les éclats colériques, si on limite la prose à un discours, ne peut-on y ajouter un poème à Puvis ! Les puissances occultes ne peuvent voir d'obstacle à ce que Puvis de Chavannes soit chanté sur le mode apothéotique de l'Ode.

Il y eut une telle acclamation, un assentiment si complet que cette vérité sitôt énoncée prit force de loi. Le poème fut décidé et puisque Mendès en avait fait surgir la nécessité, il était légitime qu'il en fut chargé.

∴

La brouille entre Brunetière et les poètes avait éclaté à propos de ses irrespects vis-à-vis de Baudelaire. Traiter Baudelaire de mauvais poète et de maniaque obscène n'était point à nos yeux, pardonnable. Discuter l'inanité du verdict de Brunetière à propos de Baudelaire est superflu ici, aussi bien que jauger son intelligence et sa compréhension critique. Ses aphorismes nous avaient blessé tous, symbolistes et autres. C'est d'ailleurs l'éloge des poètes de ce temps, que cet examen brutal d'un grand disparu, dont les malheurs les touchaient autant que la gloire, les eût à ce point irrités. Même corrigé par l'ode, le discours réservé à Brunetière nous froissait encore. On faillit s'abstenir de venir au banquet. Mais il fallait considérer que Puvis était certainement tout à fait innocent en cette affaire. On accourut en masse. Grande salle, petite salle, tous les locaux du Continental furent encombrés d'une foule drue et recueillie autour de Puvis. Et l'on dîna... mal, assez mal, mais en nombre.

Au dessert, Brunetière se leva. Sa voix nette et coupante varlopait ses axiomes. Il nous apprenait en sublimé ce qu'était et devait être l'art, et la littérature, l'ordre et la majesté. Lorsqu'il se fut assis, courtoisement applaudi d'ailleurs par ses adversaires, Mendès se leva, un grand papier à la main et lut et quand il arriva (très rapidement) à ce vers :

Et le cher Baudelaire au grand cœur douloureux

Brunetière put mesurer la différence des applaudissements. Ce fut devant Brunetière, le plus acharné des critiques à lui dénier sa valeur de poète que Catulle Mendès connut son plus franc, son plus complet, un unanime succès de poète. D'une inclinaison de tête, de papier, de sourire, Mendès debout, par dessus la tête de Puvis, tendait le vers à Brunetière assis, comme une coupe de nectar à la ciguë et il continuait à sourire, pendant que Brunetière blémissait, cerné par l'immense ovation que faisait à son adversaire toute la salle debout, longue acclamation qui se répercutait, admirable châtiment courtoisement appliqué, plus sévère de demeurer irréprochablement poli vis-à-vis d'un orateur indiscret.

Baudelaire partagea avec Puvis les honneurs de la soirée. Il est juste de dire que Brunetière encaissa avec une sérénité de fanatique lapidé pour sa foi et apercevant dans le ciel Saint Marc-Girardin lui tendant les palmes du martyre.

TABLE DES MATIÈRES

TABLE DES MATIÈRES

www.ingramcontent.com/pod-product-compliance
Ingram Content Group UK Ltd.
Pitfield, Milton Keynes, MK11 3LW, UK
UKHW021309190726
13839UKWH00007B/559